女嫌いの殿下から、身代わり婚約者の没落令嬢なのにナゼかとろ甘に愛されています♥

すずね凜

Illustration

ことね壱花

JN112575

gabriella books

女嫌いの殿下から、身代わり婚約者の没落令嬢なのにナゼかとろ甘に愛されています♥

contents

序章

「カロリーヌ！　応接間のお掃除はまだなの？」

「ちょっとカロリーヌ、私のペチコートの裾《すそ》がほつれたままよ！」

「ねえカロリーヌ、髪を結ってちょうだいよ、午後からお出かけなんだから、早く！」

ヴィエ伯爵の屋敷のあちこちから、義母と義姉たちの声がする。

台所の床を磨いていたカロリーヌは、雑巾を持った手で額の汗をぬぐいながら、返事をした。

「はい！　すぐに、お義母様《かあさま》、お義姉様《ねえさま》」

ぱたぱたと急ぎ足で義母の部屋に出向く。ドアをノックし、ソファに寛《くつろ》いで優雅にファッション雑誌を広げている義母に直立で報告する。

「お義母様、応接間のお掃除は朝にすませました」

厚化粧《あつげしょう》に赤毛を派手な巻き髪にし真紅のドレスを着込んだ義母は、ジロリとカロリーヌを睨《にら》んだ。

「あらそうなの。暖炉の上にまだホコリが残っていたわよ。明日はお友だちを招待してのお茶会なんだから、すみずみまで綺麗《きれい》にしなさいよ。それと、銀食器は全部ぴかぴかに磨いておいてちょうだいね」

「はい――」

一礼すると、次は一番上の義姉クラリスの部屋へ向かう。昨夜繕《つくろ》ったペチコートを手にして、ドアをノックする。

義母とよく似た面立《おも》ちのクラリスは、長椅子の上で侍女に爪を磨かせていた。

「お義姉様、こちらのペチコートは繕ってありますから」

カロリーヌがペチコートを差し出すと、クラリスはちらりと一瞥《いちべつ》してツンとして言った。

「そのペチコートの気分じゃないの。これ、早く繕って。夕方までによ。今夜、ウィジー伯爵家の舞踏会に着ていくんだから」

彼女は椅子の上に掛けてあったペチコートを掴《つか》んで、ぽいと床に投げた。カロリーヌはそれを拾い上げた。

「わかりました、お義姉様」

ペチコートを抱えたまま、カロリーヌは二番目の義姉ベアトリスの部屋へ急ぐ。

ドアをノックして入ると、すでにベアトリスは化粧ケープを羽織《はお》った姿で、化粧台の前に座っていた。

「ちょっと、遅いわよ。早くしてちょうだい」

ぽちゃぽちゃしたベアトリスは、二重顎《あご》を苛立たしげに揺らす。

「はい、ベアトリスお義姉様」

カロリーヌはベアトリスの背後に回り、もったりした赤毛をブラシで梳《くしけず》る。

「今日は、どのような髪型にしますか？」

「そうねえ、この間のサイドを編み込んで頭のてっぺんに纏《まと》め上げたのが、すごく評判よかったから、あれにして。ティアラはエメラルドのをね、急いでよ」

「はい」

カロリーヌはせっせとベアトリスの髪を編み込み始める。

「うふふ、今夜の舞踏会はハンサムな独身貴族がたくさんお招きされているんですって、楽しみだわぁ」

ベアトリスは、鏡台の横に置いてあるキャンディー入れからチョコボンボンを取り出しては、頬張《ほおば》りながらはしゃいでいる。

カロリーヌは無言で手を動かし続けた。

夕刻前、義母と義姉たちは孔雀《くじやく》のように着飾って、華やかな笑い声を立てながら馬車に乗り込んで、夜会へ出かけていった。

玄関口で見送ったカロリーヌは、ほっと肩を落とす。

夕食を取ろうと、使用人用の台所へ行くと、テーブルで食事をしていた古参の侍女マリーとコック長が気の毒そうな顔をしてこちらを見た。死んだ父の代から仕えているマリーが小声で言う。

「カロリーヌ様、今夜は食堂でお食事なさったらいかがですか？　奥様方はお出かけですし、私がお給仕いたしますから」

カロリーヌは侍女の心遣いが嬉《うれ》しく、にっこりとする。

「ありがとう、マリー。でも、それがバレると、叱られるのはあなただわ。それに、一人で広い食堂で食べても、味気ないもの。私はここであなたたちといただく方が、ずっと楽しいわ」

「カロリーヌ様――なんておいたわしい」

マリーが涙ぐむ。

カロリーヌは使用人の台所で慎《つつ》ましい食事を摂《と》り、ミルクの入ったコップを片手に、洗濯室の作業台へ向かう。

「さあ、クラリス義姉様のペチコートを繕っておかなくちゃ」

木の椅子に腰掛け、裁縫を始めた。

と、洗濯室の窓を外からカリカリっ掻《か》く音がした。みゃーみゃーと遠慮がちに鳴く声もする。

「ノワール、お入り」

カロリーヌは立ち上がり、窓の鎧戸《よろいど》を開いた。

窓辺に立っていた黒猫が、ゆっくりと中へ入ってくる。

カロリーヌは洗濯室の棚の奥に潜ませてある猫用の食器を取り出すと作業台へ置き、持ってきたミルクをそこに注ぐ。

「さあ、お飲み」

黒猫のノワールは、作業台にぴょんと飛び乗ると、長い尻尾《しっぽ》をぶるぶると小刻みに震わせて、喜びを表現した。そして、美味《おい》しそうにミルクを舐《な》め始める。

その様子を見ながら、カロリーヌは小さくため息をついた。

「ごめんなさいね、年寄りのお前を外に追い出して。お義母様が猫の毛がダメで。ほんとうにごめんなさい」

ノワールは、亡き父が可愛《かわい》がっていた猫だ。かつて、膝の上に幼い自分とノワールを乗せて、揺り椅子に深くもたれて愛用のパイプをくゆらせていた父の面影を思い出す。

あの頃は、とても幸せだった。

カロリーヌは思い出して、涙が出そうになった。

第一章　ドアマットの娘はお城に仕える

かつて――。

幼いカロリーヌは父であるヴィエ伯爵と美しい母と三人で、この屋敷で何不自由なく暮らしていた。

だが、カロリーヌが三歳になるかならないかの頃、母は流行病《はやりやまい》でこの世を去ってしまった。

母を愛していた父は、その死を悼《いた》みながらも小さなカロリーヌを健やかに育てるために、力を尽くそうとした。

二年後、父はとある夜会で、同じように流行病で夫を亡くした男爵夫人と知り合った。娘二人を抱えて苦労しているという男爵夫人に同情し、連れ合いを亡くした悲しみを共有しようと思った父は、その男爵夫人と再婚を決意した。まだ幼いカロリーヌには母親が必要だとも思ったからだ。その男爵夫人が、今の義母バルバラである。

初めて会った義母と義姉たちは、とても優しげにカロリーヌに接した。

カロリーヌは新しい家族と仲良くできそうで、その時にはとても嬉しかった。

けれど、わずかひと月後、悲劇はあっという間に訪れた。

仕事から帰宅途中の馬車同士の追突事故で、父が瀕死《ひんし》の重傷を負ったのだ。

義母たちとカロリーヌが病院へ駆けつけると、父はすでに虫の息だった。

「お父様、お父様ぁ！」

枕元で泣きじゃくるカロリーヌに、父は最後の力を振り絞って言った。

「カロリーヌ、お母さんたちといつまでも仲良く暮らすのだよ。もう父のために泣かないくれ。そして、いつでも誠実に生きると誓っておくれ。父の最後のお願いだ。約束だよ」

「わかりました……お父様、約束する……」

カロリーヌは冷たくなった父の手を、いつまでも握りしめていた。

バルバラと義姉たちが豹変《ひょうへん》したのは、父の葬式が終わった直後だった。

きっと義母や義姉たちも悲しみに暮れているだろう。カロリーヌは慰《なぐさ》め合おうと、義母の部屋へ出向いた。

義母の部屋の前で、甲高い声で喚《わめ》く女性の声が聞こえた。

「やっとお金持ちの伯爵と結婚して、さあこれから贅沢《ぜいたく》できるという時に死なれるなんて。遺族年金と借地代だけしか手に入らなかったわ。アテが外れたわ」

カロリーヌはどきんと心臓が跳ね上がる。義母の声だ。

「いいじゃない、お母様。それだけでもずいぶんと大金よ」

「そうよそうよ。今はお母様がこの屋敷の当主なんですもの、好きにできるわ」

義姉たちが口々に言う。

カロリーヌは唖然《あぜん》とする。彼らは少しも父の死を悼んでいないようだ。

ドア前に立ち尽くしていると、気配に気づいた義母がいきなりドアを開く。

「おやまあ、泥棒猫みたいに盗み聞きかい？　小さいくせにいやらしい娘だね」

カロリーヌは息を呑《の》んで、怖い顔で見下ろしてくる義母を見つめた。

義母はまるで絵本に出てくる魔女みたいに、にやりと笑う。

「この屋敷で一番偉いのは私だからね。これからは、お前は私の言うことを聞くんだよ」

義母の背後で、義姉たちがにやにや笑っていた。

カロリーヌは呆然《ぼうぜん》として彼らを見つめていた。

その日から、カロリーヌは侍女同然の扱いを受けるようになった。

日当たりの良い子供部屋は取り上げられ、屋根裏の暖炉も窓もない物置に寝起きさせられ、朝から晩まで、掃除洗濯炊事とこき使われるようになった。

亡き父から仕える使用人たちで、カロリーヌの理不尽な扱いに義母に異議を唱える者は、次々馘首《かくしゅ》されてしまった。

義母と義姉たちは我が物顔で振る舞うようになった。

だが、カロリーヌは耐えた。

大好きだった父との最後の約束を違えたくはなかった。

それに、いつかきっと義母と義姉たちにもカロリーヌの真心が通じるだろう、そう信じていたのだ。

しかし、何年経《た》ってもカロリーヌへ酷《ひど》い仕打ちは止《や》むことはなかった。

そして今、カロリーヌは十七歳になった。

父親譲りの艶《つや》やかな金髪と母親から受け継いだ澄んだすみれ色の瞳、鼻筋が通って愛らしく整った美貌に、透き通るような白い肌。すらりとした美しい乙女に成長した。

けれど、着ているものは義姉の着古して色あせたドレス、おしゃれをする時間も道具も与えられず、素顔のまま。豊かな金髪も無造作にうなじで束ねただけ。常に最新流行のドレスを着込み、じゃらじゃら宝石を身に付け、派手な髪型に結っている義姉たちとは雲泥の差だ。

「舞踏会……いいなぁ、私も行ってみたい」

カロリーヌはノワールの頭を撫《な》でながら、ぽつりとつぶやく。

義母は淑女の教育をカロリーヌには与えてくれなかった。

でも、義姉たちの家庭教師の授業をこっそり盗み聞きしたり、掃除の合間にそっとピアノを弾《ひ》いたり、寝る前には読書に勤《いそ》しみ、独学ながらある程度の教養を身に付けた。なまけがちな義姉たちに負けないくらい、淑女としての立ち居振る舞いはできると自負している。ダンスだって、台所でひとりでステップを踏む練習をしている。

でも、もしかしたらそんなことは無駄な努力かもしれなかった。

義姉たちは十七歳になると、華々しく社交界デビューを果たしたが、カロリーヌにはそんな話は未《いま》だ出たこともない。

ずっとこのまま、この屋敷で使用人みたいに生きて行くのかもしれない。

そう思うと、若いカロリーヌの心はぽっきりと折れてしまいそうだ。

ミルクを飲み終わったノワールが、ゴロゴロ喉を鳴らしながらカロリーヌの手に額を擦り付けてきた。

「ふふ……慰めてくれるの？　いい子ね」

カロリーヌはかすかに笑みを浮かべ、誠実に生きていればいつかきっといいことがあるはずだと、自分に言い聞かせた。

翌週のことである。

ヴィエ家の屋敷で、大々的な夜会が催されることになった。

年頃になった義姉たちの婚活のために、義母が企画したのだ。近隣の独身貴族たちがこぞって招待されることになっていた。

いつにも増して義姉たちは入念におしゃれをしている。

彼女たちのおめかしの手伝いをし終えたカロリーヌは、台所へ追いやられた。

「いいかい、お前はそこから出てはいけないよ」

義母がカロリーヌに厳命した。

カロリーヌは言われるまま、台所で侍女のマリーを手伝って、招待客たちに給する飲み物や軽食の用意にいそしんだ。

奥の大広間からは、耐えず華やかな音楽と賑《にぎ》やかな会話が聞こえてくる。

カロリーヌはうつむいて黙々と手を動かしていた。

と、飲み物を載せた盆を運んで、何度も台所と大広間を往復していたマリーが、ふいに腰を抑えてうずくまってしまったのだ。

カロリーヌは慌てて駆け寄り、そっと抱き起す。

「マリー、大丈夫？　持病の腰痛が出たのね」

「申し訳ありません、お嬢様。こんな時に——ベアトリス様ご所望の甘いカクテルを持っていかないと——」

「いいのよ、お前は休んでいて。私が運ぶから」

カロリーヌは椅子にマリーを座らせると、代わりにお盆を持って大広間に向かった。

華やかな場所に出たことがないので気が引けたが、思い切って足を踏み入れる。

ちょうど宴もたけなわのようで、思い思いの男女が組になってダンスに興じている。

向こうの長椅子で、大勢の若い男性に囲まれてベアトリスがさんざめいていた。

「お義姉様……お飲物を」

控えめに声をかける。

ベアトリスを囲んでいた男性たちが、ぴたりとおしゃべりを止めた。

ベアトリスがじろりと睨む。

「そこに置いて、さっさと出て行って」

「はい」

カロリーヌが言われた通りにしようとすると、一人の青年がさっと近づいてきた。

「これは――驚いたね。あなたは、妹さん？」

カロリーヌは遠慮がちに答える。

「は、はい」

すると、ベアトリスの周りにいた男性たちが、わらわらとカロリーヌを囲む。

「君、名前は？」

「なんて美しいんだろう。でも、どうして夜会に出ないんだい？」

「そうだよ、しかもそんな地味な格好をして。でも、それでもひときわ綺麗で目立つよね」

「まったく化粧気がないのに、その肌の透明感が素晴らしい」

「ねえ、一曲、ぜひ僕と踊りませんか？」

男性たちに口々に話しかけられ、カロリーヌは狼狽《うろた》えながら、ちらりとベアトリスの方を見る。

彼女は耳まで真っ赤になって、恐ろしい形相でこちらを凝視している。

カロリーヌは怯《おび》えて顔を伏せた。

「いえ――私は、遠慮します」

小声で答えると、急ぎ足で大広間を出た。

「あ、君、待ってよ」

「おしゃべりしようよ」

背後で男性たちの声が追いかけてくる。

カロリーヌは逃げるようにして、廊下を走った。

あんな大勢の男性の前に出たことは初めてで、彼らがどうして自分なんかに興味を持ったのか理解できない。義姉たちの方が、ずっと美々しくて華やかだったのに。

きっと、みっともない格好をしたカロリーヌが物珍らしかったので、からかおうとしたのだろう。そうに決まっている。

カロリーヌは男性たちが言うようには、自分が美しいとも綺麗とも思えなかったのだ。

その後は台所にこもって、料理作りと洗い物に専念した。

夜会が終了した直後のことだ。

屋根裏部屋で寝る支度をしていたカロリーヌの元へ、侍女が、急ぎ応接間に来るようにとの義母の言葉を伝えにきた。

なんだろう。なにかし残した家事でもあったろうか。

義姉のおさがりの古ぼけたガウンを羽織って、カロリーヌは急いで応接間へ下りていった。

応接間の前まで来ると、わんわん泣き叫んでいるベアトリスの声が響いてきた。

「失礼します、お義母様」

遠慮がちにノックして中へ入ると、待ち受けていたように義母と義姉たちがさっとこちらを睨んだ。

ソファに突っ伏して泣きじゃくっていたベアトリスが、涙でぐしゃぐしゃの顔を上げ、カロリーヌに指を突きつける。

「お母様、この子が私の取り巻きの男性たちを誘惑したのよ！　皆んなこの子に惑わされて、私のことなんか無視したの、ひどい、ひどい！」

「え……？」

カロリーヌは唖然として立ち尽くす。

義母は魔女のように恐ろしい表情でカロリーヌを睨《ね》め付けた。

「なんて恐ろしい娘だろう。姉の婚活の邪魔をするなんて」

すすり泣くベアトリスの背中を撫でながら、クラリスがキンキン声で怒鳴る。

「前々からわかっていたわ、お母様。この娘は私たちを貶《おとし》めようと、陰でいろいろ汚いことをしているのよ。

なによ、ちょっとばかり綺麗だからって、いい気になって」

カロリーヌは身に覚えのないことを言われ、動揺した。

「なんのことです、お義母様、お義姉様――私は何もした覚えはありません」

義母がせせら笑う。

「まあ、では無意識にお前は、男性に色目を使ったということね。それは余計に末恐ろしいことだわ」

カロリーヌは必死に言い募ろうとした。

「違います、お義母様。私は決してそんな――」

義母はうるさそうに手を振った。

「ああもういいわ。どっちにしろ、この屋敷にお前のような性悪女《しょうわる》がいては、私の可愛い娘たちの将来に傷がつくし、ヴィエ家の家名の面《つら》汚しだわ。お前は、この屋敷を出て行かせるわ」

カロリーヌは声を呑む。

「え――」

「ちょうど、お城で下働きの掃除女の人手が足りないと、淑女婦人会の会長さんがおっしゃってたの。うちのマリーをやろうかと思っていたけれど、カロリーヌ、お前が行くといいわ」

「お城へ……掃除女、ですか？」

呆然としていると、クラリスが名案とばかりに両手を打ち合わせる。

「あら、いいじゃない、カロリーヌ。お城なら、お仕着せと食事は無料で支給されるし、侍女用の寝部屋もあるし、快適じゃない」

父と母の思い出が詰まっているこの屋敷を追い出される？

カロリーヌは信じられない思いで、義母に訴える。

「お義母様、どうか、この家に置いてください。私、もっと一生懸命働きますから、どうか――」

義母は意地悪く切り返す。

「では、マリーを城へやるわ。あの侍女は先代からの古株のせいか、生意気に私に口答えしたりするからね。年寄りだと思って置いてやっていたけれど、そろそろ目障りになってきたよ」

カロリーヌは顔色を変えた。腰の悪い年老いたマリーを、肉体労働をさせるために屋敷から追い出すなんてできない。忠義者のマリーは、ヴィエ家に骨を埋めたいと前々から願っていることを、カロリーヌは知っている。カロリーヌは唇を噛《か》んで黙りこくる。

「どうなの？　マリーを掃除係にやればいいのね？」

義母はカロリーヌの心を見透かしたように言い募る。

カロリーヌはうつむいて小声で答える。

「いいえ……お義母様、私がお城に行きます」

義母はすかさず言う。

「じゃあ話は決まったわね。明日の朝一番で、淑女婦人会の会長さんとお城の方へ、連絡を走らせるわ。明後日には、荷物をまとめてこの屋敷を出て行ってちょうだいね」

義母はもうカロリーヌには目もくれず、まだ泣きじゃくっているベアトリスの肩に優しく触れた。

「さあもう泣かないで、可愛いベアトリス。もう、お前の婚活の邪魔をする者はいないからね」

「ありがとう、お母様、嬉しい」

カロリーヌはその場にいたたまれず、一礼すると応接間を飛び出した。

口惜しさに涙が溢《あふ》れてくる。

壁に身をもたせかけ、忍び泣きした。

「お父様、お父様……なぜ、私を置いて死んでしまったの？」

父の死後、遺言《ゆいごん》通りに義母たちに誠実に仕えてきたのに――少しも真心が通じなかった。

これまで父のために涙を流すまいと耐えてきたが、それもかなわなかった。


突然の別れを惜しむマリーに猫のノワールをくれぐれも頼み、わずかな手荷物を持って、カロリーヌがお城への馬車に乗ったのは、それから二日後のことである。


「カロリーヌ、奥の廊下がまだ埃《ほこり》だらけだよ。さっさとお掃除に行ってちょうだい」

侍女頭のエマががらがら声で怒鳴る。

「わかりました、エマさん。今すぐに」

カロリーヌはバケツとモップを抱えて、城の西側の廊下へ向かう。

「まったく、お貴族様のお嬢様は気が利かないことね」

「まだご自分が、どこかの舞踏会にでも行く気分でお城にいるんじゃないのかしらね」

背後から、他の掃除係の侍女たちのあざ笑うような声が聞こえた。

「……」

カロリーヌは聞こえないふりをして、小走りで急いだ。

西の廊下の奥は、かつてはギャラリーとして美術品を展示していたというが、今はもう城の不用品が所狭しと置かれた物置場のようになっている。

ほとんど誰も訪れないそこが、カロリーヌに与えられた仕事場だ。

意を決してお城の掃除係としてやってきたが、他の侍女たちは皆平民上がりだった。

彼女たちは貴族の令嬢がワケありで来たことを知っていて、美しく気品のあるカロリーヌのことを、

「お高くとまっている」

「気取っている」

と、嫉妬《しっと》まじりで格好のいじめの対象としたのだ。

掃除をこまめにする必要もない広い西の廊下で、カロリーヌはたった一人で、一日中せっせと掃除をした。

孤独ではあったが、ヴィエ家で四六時中義母や義姉たちにこき使われるより、気は楽だった。

不用品置き場とはいえ、立派な彫像や絵画や書物もたくさんあって、カロリーヌはそれらをひとつひとつ丁寧に塵《ちり》を払い拭き掃除して回った。

用済みとして城の隅に追いやられたこれらの品々が、自分と重なり、少しでも心を尽くして綺麗にしてあげたいと思ったのだ。

特に、廊下の隅に無造作に立てかけてある聖母の絵画に、カロリーヌは心惹《ひ》かれていた。

慈愛に溢れた表情の聖母が無垢《むく》な赤子を愛《いと》おしげに抱いている姿に、早世した母と自分の姿が重なり、気

持ちを込めて丁重に埃を払い額縁を磨いた。

「カロリーヌ、私の担当は終わったから、手伝いにきたよ」

背後から、きびきびとした明るい声がした。

掃除係のお仕着せを着た、赤毛でそばかすが愛嬌《あいきょう》のある若い娘がモップを片手に近づいてくる。

「エーメさん、いつもすみません」

「エーメでいいって。水臭いな、同室のよしみだよ」

エーメは白い歯を見せて、ぽんとカロリーヌの肩を叩《たた》く。

彼女はカロリーヌより二つ年上で、お城の掃除係になってもう十年になる先輩格だ。たまたま、寄宿舎の同室になった彼女は、他の侍女たちと違い、気さくでさっぱりした裏表のない性格だった。そして、唯一エーメだけがカロリーヌに親切にしてくれた。

聞くと、カロリーヌは赤子の時に養護院の前に捨てられた身で、苦労して育ったらしい。お城に来た当初は、捨て子の身の上のせいで、カロリーヌのようにいじめの対象になったという。

だから余計に、カロリーヌの身を案じ庇《かば》ってくれるのだという。

これまで、友だちというものを持ったことのなかったカロリーヌの、初めて心許せる友であった。

「でもさ、あんたもカタブツだよねー。あたしなら、こんな誰も来ない廊下の掃除なんて、サボって昼寝でもしちゃうけどな」

エーメは手を動かしながら、ケラケラ笑う。

「ううん。いつ誰が来るかもわからないでしょう。神様はいつでも、自分のすることをきちんと見ていらっしゃると思うの」

カロリーヌが生真面目に答えると、エーメは眩《まぶ》しそうに目を細めた。

「あんたのそういうところ、あたしは大好きだよ」

カロリーヌは嬉しげに笑みを浮かべた。

「今夜は、夕食にデザートが付くって、馴染《なじ》みの台所係の子が言ってた。ほら、今日はフランソワ王子殿下の二十九歳のお誕生日だからさ」

「フランソワ王子殿下の……」

カロリーヌは思わず頬が熱くなるのを感じた。

このエタール王国の王太子殿下。

しがない掃除係のカロリーヌなど一生縁《えん》がないお方だ。

でも、先月、エーメと二人で掃除用具を片付けに使用人用の廊下を歩いていた時、偶然、中庭を挟んだ向こうの回廊を歩いているフランソワ王子をお見かけしたのだ。

「あっ、カロリーヌ、あそこにまさかのフランソワ王子殿下がおいでだ。隠れて隠れて」

エーメがとっさにカロリーヌの腕を掴んで、柱の陰に引きずり込んだ。

「ほらほら、こっそり見てみなよ。眼福眼福、さあ」

エーメはカロリーヌを促した。

「エーメ、盗み見なんて不敬だわ」

カロリーヌはたしなめたが、

「なに言ってんの。私たちが殿下に御目通《おめどお》りできるなんて、一生ないんだからさ。最初で最後の機会じゃないか、ほらほら、噂《うわさ》通りのいい男だよー」

と、背中を押されて、おずおずと柱の陰から回廊の方を覗《のぞ》いた。

「あ――」

刹那《せつな》、カロリーヌは心臓がぎゅうっと強く掴まれたような衝撃を受ける。

フランソワ王子はすらりと長身で、艶やかな黒髪と遠目からでもはっきりわかるほどの美貌だった。

その時の彼は、青い軍服風の礼装に身を包み、輝くばかりのオーラを放っていた。

部下らしき白いガウン風の上着を羽織った青年と、彼は回廊の途中で立ち止まってしきりに話し込んでいる。その横顔の美々しいことと言ったら、神様がお造りになった完璧な美術品のようだ。

なんて颯爽《さっそう》として凛々《りり》しく格好いいのだろう。

不敬と知りつつ、カロリーヌはうっとり見惚《みと》れてしまっていた。

カロリーヌの背後から覗き込んでいたエーメが、ため息をついてつぶやく。

「あんなに素敵な殿方なのに、女嫌いで有名なお方なんだよね」

「女嫌い？」

「うん、なんでも、殿下は今まで一度も女性とお付き合いしたことがないし、どんな高貴な美女でも決して、近寄らせないんだって。噂では、しなだれかかった隣国の王女様を突き飛ばしたって話だよ。それで危うく、外交問題にまで発展したとかしないとか――」

「まあ……なぜかしら？」

「なぜかねえ。もしかしたら男性がお好みのなのかもって、話もあるよ。そら、今話している医師の制服を着た若い男がいるだろ？　陛下の侍医なんだけど、いつもあの人が陛下にぴったり付き添っているからさ。そういう怪しい噂も流れてるよ」

カロリーヌはフランソワと話をしている青年に目をやる。侍医というだけあって、いかにも知的そうでなかなかにハンサムな青年だ。

世の中には、同性同士で好意を持ち合う人たちもいると聞いている。

人を愛することに差別も区別も感じないカロリーヌは、そのことに対してなにも偏見はなかったが、次期国王になる美麗な王子が同性を好むとしたら、もったいないことだと感じた。

一方で、女性を寄せ付けないと聞いて、なんだかホッとしている。他の女性とフランソワが懇意《こんい》にしているところを、なぜか見たくないと強く思ってしまった。

（私ったら、おかしいわ。なんだろう、この落ち着かない気持ち……）

その日から、カロリーヌの頭にはフランソワの面影が焼き付いて消えなかった。

そして、急に世界が輝いて見える気がした。

判で押したような辛い日々でも、フランソワのことを思うと元気になった。

あれから、二度とお目にかかることはなかったが、誰かの話にフランソワの話題が出るだけで、脈動が速まり気持ちがソワソワする。

勘のいいエーメは、カロリーヌのいつもと違う様子にすぐ気がついたようだ。

仕事が終わったある夜、寄宿舎の部屋で寝床の支度《したく》をしていると、二段ベッドの上にいたエーメが顔をひょいと覗かせた。

「カロリーヌ、あんた、殿下に恋しているんだね」

「えっ？」

意表を突かれて、カロリーヌは耳朶《じだ》まで真っ赤になるのを感じた。

「な、何を言うの、エーメったら。そ、そ、そんな恐れ多いこと……」

「あはは、あんたは正直だから、全部顔に出てるよ。いいじゃん、想《おも》うくらいさ。この国で最高にカッコいい男性なんだもん、無理ないって。いいよいいよ、あんたの笑顔が増えたし」

カロリーヌはしどろもどろになる。

「やめて、エーメ。もうからかわないで……」

エーメがふいに優しい眼差《まなざ》しになる。

「誰かのことを想って幸せになるなら、うんと想うといいさ。夢は大事だよ。あたしはね、あんたにだけは幸せになって欲しいんだ、カロリーヌ」

「ありがとう、エーメ」

思いやりある言葉に、胸がいっぱいになる。

エーメは少しの間無言でいたが、するするとベッドを下りてくると、カロリーヌの横に腰を下ろした。そして、声を落として言った。

「カロリーヌ。あたしね、来月いっぱいでお城を下がるんだ」

「えっ？」

ずっと実の姉のように慕っていたエーメの言葉に、カロリーヌはふいをつかれて声を失う。

「あたし、ずっとずっとお給金をほとんど貯《た》めてきたんだ。いつか自分のお店を持って、自立したくてさ。ようやく、田舎《いなか》の小さな酒場を手に入れたんだ。老夫婦が経営してて、安く譲ってもらえることになってね。あんたを置いていくのはすごく気がかりだけど、でも、あたしの大事な夢、なんだ」

「そうだったの、エーメ、おめでとう！　エーメの夢が叶《かな》うこと、自分のことのみたいに嬉しい！」

カロリーヌはエーメに抱きついて心から祝福した。

「ありがとう、カロリーヌ。あんたならそう言ってくれると思ってた。優しいあんただもの、いつかきっと、本当の幸せが来るよ」

エーメはぎゅっとカロリーヌを抱きしめた。

「ありがとう、エーメ。離れていても、ずっとお友だちよ」

「うんうん、カロリーヌ、あんたはあたしの最高の親友だよ」

二人は涙ぐみながら、いつまでも抱き合った。

ひと月後。

カロリーヌとの別れを惜しみながら、エーメはお城を去って行った。

エーメが城を下がってから、他の侍女たちのいじめからカロリーヌを守ってくれる者はいなくなってしまった。

でも、カロリーヌはめげることはなかった。

心を込めてお城の中を綺麗にすることが、回り回ってフランソワの役に立っているのだと思うと、それだけで気持ちが強くなる。孤独で泣きたくなる時でも、フランソワのことを想い浮かべるだけで、勇気が湧いてくる。

恋をするということがこんなにも気持ちを変えるのだと、カロリーヌは自分でも驚くほどだ。

一生、お城の隅で掃除係として終わってしまっても、フランソワと同じ場所に生きているというだけで、幸せだと思った。

第二章　いきなり王子の婚約者に⁉

初夏の抜けるように青い空のその日は、エタール王国の建国記念日の祝日だった。

ほんとうなら、城の使用人たちにも仕事の休みが与えられていた。

だが、カロリーヌだけは、侍女頭からいつものように掃除をするよう厳命されていた。逆らえば、さらに辛い仕事を押し付けられるだけだとわかっているので、カロリーヌはいつも通りに働いた。

一日かけて西の奥の廊下の掃除を終え、汚れた水の入ったバケツとモップを抱えて寄宿舎への廊下へ向かおうとしていた時だ。

「ご苦労様、お嬢様」

意地悪い声がして、侍女頭を先頭に同僚の掃除係たちがぞろぞろ現れた。

彼らは、どこかに遊びに行っていたのか、私服の晴れ着でめかし込んでいた。

「ああ、楽しかったわねぇ」

「街はお祝いのお祭りで賑やかだったわぁ」

「テラスカフェで、ハンサムな男性たちにお茶をご馳走《ちそう》されちゃった」

彼らは口々に、楽しんできたことを当てこする。

「お疲れ様です」

カロリーヌはうつむいて、彼らの横を通り過ぎようとした。

いきなり、誰かの足が伸ばされ、カロリーヌの足を引っ掛けた。

「あっ」

カロリーヌはその場に転んでしまう。勢いで、モップとバケツを取り落としてしまった。

ばしゃっと、汚れたバケツの水が床に飛び散り、カロリーヌはびしょ濡《ぬ》れになった。

取り巻く侍女たちが甲高い声で笑う。

「いやだ、晴れ着が濡れてしまうわ。汚い」

「間抜けねえ、カロリーヌ、さっさと片付けなさいね」

カロリーヌは唇を嚙《か》み締《し》め、のろのろ立ち上がった。

モップを拾い、無言で床を拭き始める。

「全部きれいにしないと、夕飯はなしよ」

「じゃあねえ」

さんざめきながら、侍女たちが去っていく。

カロリーヌは胸の中でつぶやく。

(平気、平気。神様が全部ご覧になってるわ。フランソワ殿下のおために、めげないもの)

黙々と手を動かした。

と、布靴が濡れた床でつるっと滑った。

「きゃあっ」

仰向《あおむ》けに床に倒れそうになって、悲鳴を上げる。

「危ないっ」

直後、はっしと力強い手がカロリーヌの腕を掴んで支えた。

「あ……」

あやうく転倒するところを助けられ、カロリーヌは顔を上げて相手にお礼を言おうとした。

「ありがとうございま――」

カロリーヌは語尾を呑み込み、ハッとする。

「――お前――」

耳障りのいいバリトンの声が、途中で途切れる。

見上げるような長身、艶やかな黒髪に深い海のような青い目、白皙《はくせき》の美貌。

そこに立っていたのは、フランソワ王子殿下その人だった――。

「殿下……」

「――」

二人の視線が絡む。

フランソワの眼差しは、驚愕《きょうがく》したように見開かれ、穴があくほどこちらを凝視していた。彼はカロリーヌの腕を握ったままだ。

カロリーヌはどぎまぎして、顔をうつむけ消え入りそうな声を出す。

「し、失礼いたしました。殿下」

そっと腕を引こうとしたが、フランソワはさらに手に力を込めて離さない。

カロリーヌは恥ずかしさに全身の血が滾《たぎ》るような気がした。

「あの……殿下、どうかお手をお離しくださいませ……」

フランソワの表情が、我に返ったように動いた。

「ああ、すまない」

彼がやっと腕を離してくれたので、カロリーヌは深々と一礼し、バケツとモップを抱えフランソワの横を通り過ぎようとした。

「待て、娘。お前の名前は？」

背後から声をかけられ、カロリーヌは一瞬だけ足を止めて小声で答えた。

「カロリーヌ――カロリーヌ・ド・ヴィエ、でございます」

「カロリーヌ――」

フランソワが自分の名前をつぶやいた。

カロリーヌは心臓がばくんと跳ね上がった。

「失礼いたします」

口早に言うと、小走りでその場を立ち去る。

背中にフランソワの視線を強く感じたが、振り返るなど不敬なことだ。

寄宿舎の自分の部屋に帰り着くと、カロリーヌは大きくため息を吐いた。

「ああ……まだ信じられないわ」

憧れのフランソワ王子殿下に、偶然とはいえ転ぶところを助けてもらい、声までかけてもらえるなんて。

カロリーヌはフランソワが掴んだ自分の右腕に、そっと触れる。

力強い男らしい手の感触が、まだ肌に残っているようだ。

心臓がいまさらながらドキドキしてくる。

生涯、お目にかかることもない雲の上の方だと思っていた。

それなのに、名前まで呼んでいただけた。

カロリーヌは甘い喜びが全身を満たすのを感じる。

誠実に生きてきたからこそ、きっと神様がほんの少しだけカロリーヌにご褒美をくださったのだ。

休日が潰れたことも、同僚たちに意地悪されたことも、制服がびしょびしょにされたことも、もうなにも気にならない。

カロリーヌはウキウキしながら濡れた服を着替え、ガタつく小さな机に向かった。

「エーメに手紙を書いて、このことを知らせなきゃ」

今日のこの幸運な出来事を、親友はきっと喜んでくれる。

カロリーヌはまだ夢の中にでもいるような気持ちで、ペンを手に取った。

一生に一度の、この奇跡の出会いを頭の中で反芻《はんすう》しながら。

「マリウス！　マリウスはいるか？　すぐに私の部屋へ呼べ！」

フランソワは自室に入ると、気忙《きぜわ》しげに侍従に命じた。

彼は椅子にどっかと腰を下ろすと、じっと自分の右手を見つめていた。

先ほど、掃除係の娘に触れた右手だ。

「失礼します、殿下。お呼びですか？」

ほどなく、侍医のマリウスが部屋を訪れた。

フランソワはがばっと立ち上がり、入り口に控えていたマリウスに大股で近づく。

「マリウス、マリウス！　ついに見つけたぞ！　とうとう出会った」

フランソワは目を輝かせた。

普段は冷静沈着なフランソワが興奮気味に話すので、マリウスは目をパチパチさせる。

「殿下、何を見つけたと言うので――」

「運命の乙女だ！」

フランソワは食い込み気味に答えた。

マリウスが目を見開く。

「乙女ですか？」

フランソワは自分の右手をマリウスにかざしてみせる。

「そうだ。この手で彼女に触れた。何も起こらなかった――いや、少しばかり脈拍が速まったが、それ以外は、何も起こらなかった」

マリウスの顔色が変わる。

「何もですか？」

フランソワは深くうなずいた。

「これは、奇跡かもしれぬ。マリウス」


翌早朝、いつものようにカロリーヌは制服に着替え、食堂で簡単な朝食を済まそうと部屋を出ようとした。

ドアノブに手を掛けたとたん、ノックもなしに、やにわに外からドアが開いた。

そこには真っ青な顔をした侍女頭がいた。彼女の後ろには、王家直属の印である緑の制服を着た侍従が立っている。

「カロリーヌ！　急いで、お城の謁見室へ行きなさい！」

「謁見室？　ですか？」

カロリーヌはきょとんとした。

「そうよ、フランソワ殿下がお前をお呼びなのよ」

「えっ、殿下が？」

侍女頭は絶望的な表情になる。

「あなた、いったいどんな粗相《そそう》を殿下にしたの？　ああ、どうしよう、私にも責任が問われるかもしれないわ」

カロリーヌは狼狽える。

「わ、私は何も……」

侍女頭はカロリーヌの背中をせっつくように押した。

「早く行きなさい！　とにかく、謝罪するのよ、平謝りするの。そして、責任を取ってお城を下がると言うのよ！　わかったわね！」

「ヴィエ嬢、どうぞこちらへ」

侍女頭の狼狽ぶりとは対照的に、王家直属の侍従は恭《うやうや》しくカロリーヌに声をかけた。

「は、はい……」

何が何だかわからないまま、カロリーヌはその侍従の後から付いていった。

侍従はお城の中央奥の廊下を進んでいく。その先は、王家の人か身分の高い貴族、国賓以外は足を踏み入れることが許されない領域だ。

カロリーヌは不安で胸が押し潰されそうになる。

心当たりは、昨日偶然、フランソワに出会ったということだけだ。

転びそうなところを助けてもらったが、もしかしたら自分の態度のどこかがフランソワの逆鱗《げきりん》に触れていたのかもしれない。

そもそも、王族の方々にむやみに触れることは不敬罪に相当する。カロリーヌから触れたわけではないが、結果的にそうなったことが、重罪に問われるのか。

昨日は、奇跡のような幸運だと喜んでいたのに。

確かに侍女頭が言うように、平身低頭で謝罪するしかない。そして——おそらく馘首《かくしゅ》になるだろう。

カロリーヌはそっとため息をついた。

悲しい結果になったが、でも、後悔はない。

恋する人が望むことなら、なんでも従おうと思った。

謁見室と聞いていたが、案内の侍従はどんどん城の奥へ進み、屈強な警備兵たちが守る王家の人々のプライベート領域への階段を上がり始めた。

カロリーヌは思わず侍従の背中に声をかけてしまう。

「あの……どこまで行くのでしょうか？」

侍従は振り向かないまま、礼儀正しく答える。

「恐れながら、フランソワ殿下は私室にてお待ちかねでございます」

「え……私室？」

不敬を責めるのなら、わざわざ私室に呼びつける必要などあるのだろうか。

頭の中が混乱しているうちに、とうとう城の最上階のフランソワの私室の前まで辿《たど》り着《つ》いてしまう。ドアの前で槍《やり》を構えて守っていた兵士たちが、素早く左右に退いた。

「フランソワ殿下、ヴィエ令嬢をご案内しました」

案内の侍従がドアの前で声をかけると、ドアがさっと開き、フランソワ自身が現れた。

「待ちかねたぞ」

フランソワは言うなり、カロリーヌの片手を掴んで部屋の中に引き入れた。

「あ」

唐突なフランソワの行動に、部屋の中によろめくように入ってしまう。

「しばらく人払いを」

フランソワは片手でドアを閉めながら、廊下に控える兵士たちにぴしりと命じた。

カロリーヌは部屋の真ん中で呆然と立ち尽くす。

尖塔《せんとう》アーチ型の高い天井からはクリスタルのシャンデリアが幾つも下がり、広い壁面には奥行きのある森林の絵が描かれて、閉塞感を払拭している。床には東洋の緻密な刺繍《ししゅう》を施した絨毯《じゅうたん》が敷き詰められ、家具は特注の黒檀《こくたん》仕様でエキゾチックな雰囲気だ。ソファもカーテンも一見簡素に見えて手の込んだ緻密なものばかりだ。ずっと狭く貧しい屋根裏部屋や寄宿舎に暮らしてきたカロリーヌは、圧倒されて声も出ない。

「カロリーヌ」

名前を呼ばれ、思わず振り向こうとした途端、背後から囲うようにフランソワに抱きつかれた。

「きゃ……っ」

びっくりして悲鳴を上げると、耳元で艶《つや》めいた声がささやく。

「動くな、カロリーヌ」

「……は、い」

王子殿下の命令だからではなく、緊張で身体が強張《こわば》ってしまった。

フランソワはカロリーヌの髪に顔を埋めるようにして、じっと抱きしめた。

「……」

部屋の中を沈黙が支配する。

自分の鼓動がドキンドキンとやたら大きく響くようで、カロリーヌは呼吸も潜《ひそ》めてじっとしていた。

背中にぴったり押し付けられたフランソワの胸の脈動も、気のせいか速い。

異性に抱きしめられるなんて生まれて初めてで、ましてやそれが恋するフランソワなので、カロリーヌは頭に血が上り、目の前がクラクラしてきた。

長い長い時間が経ったような気がした。

「——どうだ？　マリウス？　見たか？」

不意に、フランソワが部屋の隅の東洋風の衝立《ついたて》の方に声をかけた。

「確かに——」

静かな声がして、衝立の向こうから白い医者の制服姿の男が姿を現わす。

「あっ」

他に人がいたなんて。恥ずかしさにカロリーヌは弱々しく身じろぎした。

「殿下……殿下、どうか、離してください……」

しかしフランソワはさらにぎゅっと抱きしめてくる。

「いや、離さぬ」

すると、近づいてきたマリウスが冷静な声で言う。

「殿下、ご令嬢が怯えております。お手を離してあげてください」

するとフランソワは不機嫌そうに答えた。

「いやだ。手を離したら、もう二度と手に入れられない気がする」

まるで、子どもがお気に入りのおもちゃを取り上げられそうになっているようなしぶり方だ。

「とにかく、ご令嬢にきちんと事情を説明なさる義務がございますよ」

窘《たしな》めるようにマリウスに言われ、フランソワはやっと両手の力を緩めた。

カロリーヌはふらふらと床に頽《くずお》れそうになる。

その腰をやんわり支え、フランソワがソファに誘導して座らせてくれた。

「すまない、混乱させたな。カロリーヌ」

少し落ち着きを取り戻したようなフランソワは、向かいのソファに腰を下ろした。

カロリーヌは乱れた髪をおずおずと撫で付けた。

うつむいていたが、フランソワがこちらをじっと凝視しているのが感じられる。

「さて、ご令嬢。この事態を、ご説明いたしましょう」

マリウスがフランソワの側に直立し、恭しく口火を切る。

「実は、フランソワ陛下は、奇病にかかられております」

「奇病？」

思わず顔を上げると、熱っぽい眼差しのフランソワと目が合い、気恥ずかしさに体温がかあっと上がる。

マリウスは軽く咳払《せきばら》いして続ける。

「殿下は二十年ほど前からずっと——先の王妃殿下がお亡くなりになった頃から、女性に対して生理的嫌悪感をお持ちなのです」

「生理的嫌悪感……？」

言葉の意味をはかりかね、カロリーヌは目を丸くしてフランソワを見つめた。

長い足を組んだフランソワが、不機嫌そうに言う。

「女性に近寄られると、気分が悪くなる。触れられると、ひどい吐き気がするのだ」

マリウスが話を続ける。

「この『吐き気の病』の原因は、いまだにわかりません。良い治療法も薬も見つからず、殿下は長い間苦悩なさってきたのです」

カロリーヌは思わずつぶやいてしまう。

「では、城の者たちが噂していた『女嫌いの殿下』というのは……」

フランソワが目元を染めた。

「嫌いなものか――だが、どうしてもダメなのだ。それなのに、重臣の者たちは私の気持ちなどお構いなしに、妙齢の令嬢を次々私にあてがおうとしてくる。最近は、毎日のように違う令嬢を紹介してくる。体調がどんどん悪くなる。たまったものではない」

「次期国王になられる殿下ですから――それに殿下は容姿端麗であられますので、若い女性ならば誰でもお近づきになりたいと思うでしょう」

マリウスが気の毒そうにフランソワを見遣《みや》る。

フランソワはこれまでの鬱積《うっせき》が溢れてきたのか、声を荒げた。

「先日の懇談会など、某国の王女がほとんど胸が剥《む》き出しの下品なドレスで、私にわざとしなだれかかってきたのだ。香水のきつい匂いがぷんぷんして、私は吐き気どころか、全身に鳥肌が立ち悪寒までしてきて、あやうく卒倒しそうになった。最後まで席についているのがやっとだったのだ。もはや苦行だ」

「そんなに……」

カロリーヌはフランソワが気の毒でならなかった。

容姿が優れているだけではなく、彼の国を治めるものとしての才覚は内外ともに評価が高く、すでに歴代国王随一の人物になるだろうと言われている。お城の片隅にいるカロリーヌの耳にも、フランソワの評判は届いていた。

本来ならば、フランソワが望めば、どんな女性もよりみどりであろう。

だがなぜ自分が呼び出されたのか、カロリーヌにはまだ理解がいかなかった。

昨日の出来事で、なにか不敬をはたらいたことを咎《とが》められるのだとばかり思っていた。

フランソワはさらに言い募る。

「おかげで、最近は私が同性を好んでいるのだという噂まで立っている。マリウス、お前と私が恋人同士だと邪推する者も多い」

マリウスは両手を広げ、肩を竦《すく》めた。

「いっそ、そう周囲に思わせた方が、殿下に女性が寄り付かず、好都合かもしれませんよ」

フランソワの白皙の顔に血が上る。

「マリウス、冗談を言っている場合ではないのだ、私の一生の問題だ」

その場の空気に取り残されてしまい、カロリーヌは無礼を承知でおずおず口を挟む。

「恐れながら殿下――お取り込みのようですので、私は廊下でお待ちしましょうか。私へのお咎めでしたら、私はどんな処分も受けます。お城を下がらせていただくことも、承知いたします」

フランソワが弾かれたようにカロリーヌに向き直った。

「何を言っている！　お前の話をしているのだ。今までお前に対して説明してきたのだぞ」

カロリーヌはきょとんとする。

「え？」

大股で近づいてきたフランソワは、やにわにカロリーヌに右手を差し出した。

「この手を握ってみろ」

「え――」

「早く」

急《せ》き立てられて、カロリーヌは慌ててフランソワの右手に自分の手を重ねた。

「ぎゅっと握るんだ」

「は、はい」

おずおずとフランソワの手入れの行き届いた指先をきゅっと握った。温かい肌の感触に、場違いにも胸がきゅんとときめいてしまう。

するとフランソワの指も、そっと握り返してきた。

彼はさっきまでの苛立たしげな表情が失《う》せて、穏やかな口調になる。

「小さな手だな。あかぎれだらけで爪も短い。だが――温かくて柔らかい」

「あ……の」

「わかるか、カロリーヌ」

「……え？」

「私はすこぶる気分がいい」

「……」

「吐き気も悪寒も起こらぬ」

「……」

そろりとフランソワのしなやかな親指が、カロリーヌの手の甲を撫でた。

「っ」

ぞくんとした甘い痺《しび》れが指先から走り、カロリーヌは息を呑む。胸の高鳴りが、相手に聞こえやしないかとひやひやする。

フランソワがまじまじとカロリーヌの顔を見つめてくる。

「波打つ金髪、小さい顔、ぱっちりしたすみれ色の瞳、長い睫毛、薔薇《ばら》色の頬、赤い唇。化粧気がまったくないのに、なんと美しい。偽《いつわ》りのない女性の素顔が、こんなにも愛らしいものだとは、生まれて初めて知った」

「⁉――」

今、フランソワに賛美されたのか？

まさか――これまで、死んだ父親以外にカロリーヌを褒める者などいなかった。

カロリーヌは呆然としてしまう。

フランソワこそ、完璧な美を体現しているのに。

二人は互いの瞳の奥に見惚れたように見つめ合っていた。

「ええ――おほん」

マリウスが遠慮がちに咳払いした。

「ヴィエ嬢、つまりこういうことなのです。あなた様は、殿下が生理的嫌悪を感じない、稀《まれ》なる女性なのです」

カロリーヌはハッと我に返り、慌てて握ったままの手を引っ込めた。

なぜか、フランソワはカロリーヌにだけは触れても平気らしい。

マリウスが続ける。

「ですから、あなた様にはぜひ、殿下のお側《そば》に仕えていただきたいと。まずは身の回りのお世話係として、侍《はべ》っていただき、殿下の『吐き気の病』の治療の助けとして――」

「婚約しよう、カロリーヌ」

マリウスの言葉を押しとどめ、フランソワが言い放った。

「え？」

「は？」

カロリーヌとマリウスは驚いて声を揃《そろ》えた。

フランソワはさっとその場に跪《ひざまず》き、両手でカロリーヌの右手を包んだ。

「お前と婚約する。もう決めた」

「殿下――」

揶揄《からか》われているのかと思ったが、彼の眼差しは真剣そのものだった。

これまで落ち着き払っていたマリウスも、さすがに狼狽える。

「殿下、どうか冷静になられませ。病をもよおさない女性に出会えたことで、お気持ちが舞い上がられておられるのでしょうけれど、ここは――」

「舞い上がっているとも。だが、私はいたって本気だ」

フランソワはまっすぐカロリーヌを見つめたまま言う。

「婚約してくれ、カロリーヌ」

「で、殿下……」

驚愕の後に、純粋な喜びが湧き上がり、同時に恐れ多い気持ちにもなる。

相手は一国の王子、次期国王になる人だ。

一介のお掃除係の侍女が、そんな方の婚約者にふさわしいはずもない。

フランソワの奇病の経緯を聞けば、あまりに気の毒で、恋しているこちらとしては彼の役に立ちたいと心から思うが、いきなり婚約はないだろう。

「あの……ここは、マリウス様のおっしゃる通り、お側仕えで、殿下のご病気を治すお役に――」

「だめだ。それではこれからも私は周囲に、意に沿わぬ令嬢たちを結婚候補者として押し付けられる。香水を振りたくり厚化粧で着飾って、物欲しげに私に流し目を送ってくる女たちのことを、考えただけでゾッとする」

フランソワが心底忌々《いまいま》しげに言う。

ああ――そういうことか。

つまり、カロリーヌはフランソワの虫除《むしょ》け役なのだ。

建前でも婚約者がいれば、フランソワに無下に女性が近づいてくることもないだろう。

それに、いつか、生理的嫌悪感を与えない、フランソワにふさわしい身分と美貌を持った令嬢が現れるかもしれない。

かりそめの婚約者というわけだ。

腑《ふ》に落ちた途端、カロリーヌは胸がちくんと痛む。

「カロリーヌ、はいと言ってくれ。私と婚約することを承諾してくれ」

フランソワがぎゅっと強く手を握りしめてくる。

彼の表情は真摯な上に、縋《すが》るような色も浮いていた。

――この人を救うのだ。

カロリーヌはせつなくも健気《けなげ》に思う。

フランソワの病を治し、将来の国王として明るい未来を与えたい。

そのために、こんな自分で役に立てるというのなら、なんでもしてあげよう。

かりそめでも構わない。恋している男性に懇願されて、拒めるはずもない。

カロリーヌは気持ちを込めて、フランソワの瞳を覗き込む。息を大きく吐き、答える。

「殿下、殿下のお望みのままに――」

ぱっとフランソワの顔が緩む。

「それは、はいということか？」

カロリーヌはこくんとうなずいた。

「殿下のお役に立てるのなら、私は喜んで」

「カロリーヌ！」

フランソワは素早く立ち上がると、ぎゅうっとカロリーヌを抱きしめた。

「嬉しいぞ、カロリーヌ。ああ、柔らかいなお前は。女の子というのは、なんて抱き心地がいいのだろう」

フランソワはカロリーヌの髪に顔を埋め、深々と息を吸う。

「いい香りだ。お前の肌の香りか。甘い」

「で、殿下……」

フランソワの息遣いが直に感じられ、カロリーヌは総毛立ち息が止まりそうになる。

「――まあ、建前として、そういう形の方が殿下が行動しやすいでしょうね」

マリウスがやれやれと肩を竦めながら言う。

フランソワが顔を上げ、じろりとマリウスを睨んだ。

「茶化《ちゃか》していないで、すぐに会議室に主だった臣下たちを招集しろ。今日中に、正式に婚約宣言をする」

「御意」

マリウスが一礼して素早く部屋を出て行った。

強くフランソワの胸に顔を押し付けられていたカロリーヌは、彼の腕の中でもがく。

「く、苦しい、です……殿下……」

「ああ、すまぬ。どうも、女性に対する力加減がわからぬ」

フランソワが腕の力を緩めた。

カロリーヌは、ほっと息を継ぐ。

わずかに身を離し、向かい合ってうつむいた。

二人きりになり、急にその場の空気が気まずいものになったような気がした。

カロリーヌは、急転直下の今の自分の立場にまだ混乱している。

もしかして、これは夢？

ほんとうは、まだ寄宿舎の固く狭いベッドの上で寝ているのかも。

あまりに辛い仕打ちばかりされて生きてきたから、自分に都合のいい妄想を見ているのかもしれない。

カロリーヌは思わず自分の右頬を抓《つね》ってみた。

「っ、痛っ」

顔を顰《しか》めたカロリーヌに、フランソワが目を丸くする。

「何をするんだ？　白桃のような頬に赤い痣《あざ》がついたぞ」

カロリーヌは恥ずかしさに耳まで赤くなる。

「ゆ、夢かと思って……」

フランソワが優しい笑みを浮かべた。

そして、そろりと指先で抓った頬を撫でる。

「可愛いな。カロリーヌ。女子というものは、こんなにも愛らしいしぐさばかりをするものか？」

フランソワが大きな両手でカロリーヌの顔を包む。わずかに顔を上向かせられた。

「小さい、壊れてしまいそうだ」

フランソワの顔が、ゆっくりと寄せられてきた。

カロリーヌは思わず目を閉じた。

唇が触れ合った。

生まれて初めての口づけ。

柔らかなその感触に、心臓が痛いくらい高鳴る。

フランソワは、確かめるように何度も唇を押し付ける。

「ん……」

甘美な口づけの味わいに頭がぼうっと酩酊《めいてい》し、それこそ夢の中にいるような甘い陶酔《とうすい》感。

触れるだけの口づけを繰り返したのち、フランソワはそっと唇を離す。そして、こつんとおでことおでこをくっつけ、ため息とともにつぶやいた。

「初めて、女の子と口づけをした——思い描いていたものより、何倍も心地よくて、夢のようだ」

フランソワが自分と同じ気持ちなのを知り、カロリーヌの胸が震える。

父が死んでからずっと、周囲に理不尽な扱いを受け続け、儚《はかな》い希望だけを胸に秘めて生きてきた。誠実に生きていれば、いつかきっと報われると。

フランソワへの淡い恋心だけでも、幸せだった。それが、こんなふうに優しい口づけまで受けて——かりそめでも婚約者になれて、カロリーヌは幸せすぎて、もう死んでもいいとすら思う。

遠慮がちに扉がノックされ、マリウスが入ってきた。

二人は思わずぱっと離れる。

「殿下、一時間後に主だった人々を第一回会議室へ招集いたしました。その――病床の国王陛下の代理で、王妃殿下がおいでになるということですので、礼装にお着替えください。あと、ヴィエ嬢もそのなりではよろしくありません。別室で王室付きの侍女たちを待機させてありますので、お召し替えをなさってください」

「王妃――義母上が？」

フランソワがかすかに眉を顰めたが、カロリーヌに顔を向けた時には柔和な笑顔になっていた。

「ではカロリーヌ、一時間後に会おう」

「は、はい」

「ではヴィエ嬢、こちらへ」

マリウスに促され、カロリーヌはフランソワの私室を出て、廊下を挟んだ別室へ向かう。

先に立って歩きながら、マリウスが小声でいい含めた。

「申し訳ありませんが、お化粧だけは控えていただきます。殿下の吐き気の病の原因の一つには、女性の化粧品の成分や匂いなどが考えられますので」

「わかりました」

なるほど、フランソワがカロリーヌに触れても平気なのは、自分に化粧っ気がなかったこともあるのだろうか。

別室では、王家付きの侍女たちが待ち受けていた。

彼女たちは大きな鏡の前にカロリーヌを立たせると、テキパキと用意してあったデイドレスをカロリーヌに着付けしていく。

カロリーヌは鏡の中の自分の姿を呆然と見ていた。

上等なコルセットを締めてウエストをうんと絞り、まろやかな胸を強調する。袖《そで》が大きく膨らみ、スカートのドレープを幾重《いくえ》にも重ねた裳《も》裾の長い、薔薇色の最新流行のドレス。

絹の靴下に白絹のハイヒール。どれもこれも、身に付けたことのない高級品ばかりだ。

着付けが終わると、化粧台に向かって座らされ、髪の毛を結い上げられた。たっぷりと量のある金髪を、頭の上でふっくらと結い上げ、うなじに巻き髪をいくつも垂らした髪型は、細面で少し寂しげなカロリーヌの面立ちを艶やかに引き立てる。

それまで、黙々と手を動かしていた侍女たちも、カロリーヌの出来栄えに思わず感嘆の声を漏らした。

「まあ、なんて魅力的でスタイル抜群なのでしょう」

「これで少しお化粧ができれば、絶世の美女におなりですよ」

「でも、とても肌理《きめ》の細かい白い肌をお持ちですから、充分このままでもお美しいですわ」

カロリーヌは聞き慣れない賛美に戸惑うばかりだ。

確かに、自分でも別人かと思うほどの変身ぶりだが、それは主に豪華なドレスと髪型のせいだと思う。これから、大勢の前に出ていくのだと思うと、にわかに恐怖が迫《せ》り上がってくる。はたして目の肥えた上流階級の人々に、付け焼き刃の自分の姿がどう映るだろう。

お腹《なか》の底が緊張で冷えてくる。

「——失礼します。お支度が整いましたか？」

扉の外から、マリウスが声をかけてきた。

「終わりました」

侍女の一人が扉を開けて彼を招き入れる。

カロリーヌはおどおどと椅子から立ち上がった。

足早に近づいてきたマリウスが、目を見開いて足を止める。

「これはこれは――」

カロリーヌは彼の評価が怖くて、目線を落としてもじもじした。

マリウスは大仰に両手を広げた。

「どこに出しても文句ない気品とお美しさです――殿下のお目は狂いがない」

「あ……の、そんなお世辞は……」

褒められることに慣れていないカロリーヌは、にわかには信じられない。

するとマリウスが、片手を恭しく差し出す。

「お世辞かどうかは、殿下にお目にかかって直接お伺いするとよろしいでしょう。ではまいりましょうか」

「は、はい……」

慣れない長い裳裾のスカートをなんとか捌《さば》きながら、カロリーヌは長い廊下を進んでいった。マリウスは道中、いろいろ指示をする。

「とにかく見た目は合格ですから、あとはとにかくにこやかにおしとやかになさることです。余計な口はきかず、殿下に万事お任せください」

「はい」

無作法をするなということだろう。

マリウスは見るからに強張っているカロリーヌの様子を窺い、少し気の毒そうに言う。

「さっきまで城の掃除係をしていたあなたに、いきなりこんな大役を押し付けて、申し訳なく思います。でも、これも殿下のおためだと思い、どうか呑んでください」

「いいえ、そんな……」

マリウスは表情を引き締めた。

「殿下はこれまでずっと、女性に指一本触れることもできず、苦しんでこられたのです。それなのに、あれほどの美貌と才覚の王子ですから、年頃になってからは次から次へと、お妃候補の妙齢の淑女とお見合いをさせられて。どれほど苦悩されたか――あなたはまさに救いの女神なのです」

マリウスの真摯な声に、カロリーヌは身が引き締まる気がした。

財産も美貌もなにもないちっぽけな自分が、一国の王子を救えるのなら、なんでもしよう。

会議室の扉の前まで辿り着くと、マリウスが目配せする。

「入りますよ。顔をもう少し上げましょうか」

カロリーヌは顎を引き深呼吸した。

それまでの緊張も怯えも、いくらか薄れていく気がした。

フランソワが六歳の時、前王妃である母は流行病で亡くなった。

母の死後半年も経たずして、父王は従姉妹《いとこ》に当たるローザ公爵令嬢と再婚したのだ。

ローザと父王の間には、すでに五歳になる腹違いの弟アルベルトが存在していた。

つまり、フランソワの母である正妃が存命の頃から、父王とローザは愛人関係にあったのだ。

幼いながらも利発だったフランソワは、その事実を知りひどく傷ついた。

王妃の座に就《つ》いたローザは、我が物顔に振る舞い、フランソワに冷たく当たった。実子であるアルベルトをあからさまに贔屓《ひいき》にして溺愛《できあい》し、フランソワには優しい言葉一つかけてくれなかった。父王はローザの尻に敷かれて言いなりだし、周囲のものは王妃の機嫌を取ろうと彼女の振る舞いに追従した。

フランソワが唯一心を許せる相手は、彼付きの侍医になった若きマリウスだけだった。

王子の身でありながら、フランソワは孤独で寂しい少年時代を送ったのだ。

フランソワが十歳になる頃、父王は持病の心臓病が悪化し、意識が混濁して床から起き上がれない状態になってしまった。

当時まだフランソワが少年だったため、ローザ王妃が父王の代理として采配を振るった。

フランソワが成長し政治に介入できる頃には、ローザ王妃が自分に都合のいい政府を作り上げて、盤石の体制であった。彼女は国の財政の多くを王家に割いて、自分とアルベルトの享楽のために使い込んでいた。国の財政は悪化の一途《いっと》を辿《たど》っている。

フランソワはローザ王妃から政権を奪い取り、国民主体の規律正しい国家を再生させようという願いをずっと胸に秘めていた。

そのために、学業にも武道にも寝る間も惜しんで刻苦勉励《こっくべんれい》し、ついには「フランソワ王子は稀代《きたい》の名王になるだろう」と評価されるほどに大成した。

腹違いの弟王子アルベルトは、ローザ王妃に甘やかされ放題に育ち、毎日鹿狩りと愛人を囲んでの酒盛り三昧で、政務にはまったく興味がない。

ローザ王妃はアルベルトを次期国王の座に据えたくて、いろいろ画策しているようだ。が、どう贔屓目に見ても次期国王にふさわしいのはフランソワだ。

フランソワは未来の国王の座に就くことに、自信満々だった。

しかし、完全無欠のはずの彼は、信じがたい『吐き気の病』に罹《かか》っていた。

幼い子どもと老人以外の女性に対し、フランソワの心身は激しい拒絶反応を起こすのだ。

この奇病は、成長期とともにますます悪化した。

今や三十センチ以内に女性が接近するだけで、冷や汗と頭痛、猛烈な吐き気に襲われる。

遠くからでも、女性の化粧品や香水の匂いを嗅ぐだけで気分が悪くなる。

原因は有能な医師もマリウスにも解明できず、対処法もないままだった。

国王としての役目は、国政を治めるだけでなく、後継ぎを生むことも重要である。それなのに、女性に指一本触れることができない。

この病のことがローザ王妃側に知れたら、ここぞとばかりにフランソワは、次期国王に不適格として弾劾《だんがい》されてしまうだろう。

そのため、マリウス以外は誰もフランソワの病と苦悩を知らないままである。

当初は、フランソワは自分は異性を愛せない人間なのかもしれないと思っていた。

だが、年頃の青年になったフランソワの胸の中は、乙女たちに対する甘酸っぱい憧れや淫靡《いんび》な欲望でいっぱいだった。

愛する女性と出会い、言葉を交わし、触れ、抱きしめたり口づけしたり、それ以上のこともしたい。

普通の青年として恋をしたい。

日毎に高まる次期国王としてのフランソワへの評判と裏腹に、彼の青春は暗澹《あんたん》たる失意に満ちていた。

そんな時、カロリーヌと出会ったのだ。

あの日——たまたま通りかかり、転倒しそうになった乙女をとっさに支えた。

彼女に触れた途端、雷にでも打たれたような衝撃が全身を駆け抜けた。

それは、これまでの『吐き気の病』の症状ではなく、甘美で心震える感動であった。

豊かな金髪、透き通る白い肌、桃色の頬、愛らしいすみれ色の瞳、薔薇の蕾《つぼみ》のような赤い唇。こんな美しい少女を見たことがないと思った。

化粧気のまったくない、素顔のままの清純な乙女。

フランソワは心臓を射抜かれたような気がした。

握っている彼女の手の柔らかさ、滑らかさに身体中の血がざわついた。

吐き気も頭痛も息苦しさも起こらなかった。

ただ、脈拍が速まり呼吸が苦しくなり、胸がぎゅうっとせつなく締め付けられる。

フランソワには一瞬でわかった。

これは恋だ。

彼は生まれて初めて、乙女に恋したのだ。

そしてもしかしたら——いや、おそらく最初で最後の恋だ。

この十年以上、数多《あまた》の女性と出会ったが、まともに接触できる者は一人もいなかった。

カロリーナと出会えたことは、奇跡に近い。

神が与えたもうた唯一の乙女だと思った。

離せない、離すものかとフランソワは即座に決意する。

なんとしても、カロリーナを手に入れるのだ。


「どこの馬の骨とも知れぬ下働きの小娘だというではないか、そんな娘と婚約だと？　殿下、血迷われたか」

会議室の上座に座ったローザ王妃がガラガラした声で言い放つ。

でっぷりと恰幅《かっぷく》のいいローザ王妃は、大きめの椅子に踏ん反り返り、威圧的だ。

会議室の長いテーブルにずらりと雁首《がんくび》を揃えた重臣たちも、同意とばかりにうなずく。

一人戸口のあたりで、腕組みして直立しているフランソワは、居並ぶ面々を鋭い眼差しで睨んだ。マリウスの招集に応じて集まったのは、ほとんどがローザ王妃の息のかかった保守派の重臣ばかりだ。ローザ王妃が、フランソワに好意的な重臣たちに、何らかの妨害の手を回したに違いない。

ローザ王妃にフランソワは言い返す。

「義母上、たしかに城で掃除係をしておりましたが、身上を調べたところ、由緒ある伯爵家の娘であるとわかりました。血筋は確かな娘です」

ローザ王妃は頬の肉に埋もれた細い目を見開く。

「なにが確かなものか。伯爵家を追い出されて下働きに出されたのだ。大方、伯爵が他所でこさえた得体の知れぬ出自の娘であろう。そんな者を我がシャンピオン王家に迎え入れるわけにはいかぬ」

ローザ王妃が手にしていた孔雀の羽の扇でばさばさと扇《あお》ぐ。

強い香水の香りがフランソワの方まで流れてきて、彼は顔を顰めた。

と、扉がノックされ、マリウスの声がした。

「殿下、カロリーヌ・ド・ヴィエ嬢をお連れしました」

「おお来たか」

カロリーヌの名前を聞いただけで、胸が弾み気持ちが明るくなる。

フランソワは振り返り、さっと扉を開く。

「あ――」

思わず声を呑んでしまった。

そこには、楚々《そそ》とした絶世の美女が立っていたのだ。

心臓が高鳴り、フランソワは完全に心を奪われ、眩しげに目を眇めてしまう。

自ら扉を開けて出迎えたフランソワが、こちらを見て不機嫌そうに押し黙ってしまった。

やはり、付け焼き刃の格好が気に入らなかったのだろうか。

「……あ、あの……」

せっかく扉の外で意を決したのに、彼の表情を見て気持ちが萎えそうになる。

やにわにフランソワは、カロリーヌの腕を掴んで自分の脇に引き寄せ、そのまま腰に手を回してきた。そして、張りのある声で言い放った。

「義母上、皆の者。ご紹介しよう。私の婚約者、カロリーヌ嬢だ」

その場に居並ぶ地位の高そうな人たちがざわついた。

不快感というより、驚きに近い表情をしている。その様子に、フランソワが満足そうに言い募る。

「美しいであろう？　どこに出しても恥ずかしくない美女であろう？　未来の王妃として、申し分ないだろう？」

長いテーブルの一番奥に座っていた恰幅の良い貴婦人が、顔を真っ赤にし椅子を蹴立てて立ち上がった。

「容姿の綺麗な娘なぞ、他にもいくらでもおるわ。殿下、その小娘に、どのようにたぶらかされたのだ」

威厳のある高圧的な態度に、カロリーヌはあれが噂のローザ王妃であると悟り、内心震え上がった。

城内で、ローザ王妃の暴虐な振る舞いを知らぬ者はいない。

国王陛下に代わって国政を牛耳《ぎゅうじ》っているというローザ王妃の逆鱗《げきりん》に触れると、身分の上下を問わず酷い仕打ちをされるという。

ローザ王妃に意見したとある臣下は、爵位を剥奪《はくだつ》され家族ごと首都から追放された。うっかり葡萄酒《ぶどうしゅ》のグラスを倒して、ローザ王妃のスカートを汚してしまった配膳係は、鞭《むち》打ち刑ののち馘首された。ローザ王妃の手を引っ掻いた飼い猫は、その場で射殺された――等々、恐ろしい話に枚挙ない。

そのローザ王妃が激怒している。

カロリーヌの動揺を、フランソワは即座に感知したようだ。

素早く身を屈《かが》め、カロリーヌにだけ聞こえる声でささやく。

「臆するな。胸を張れ。心配ない、私がお前を守る」

気持ちのこもった言葉に、カロリーヌはハッと気を取り直した。

臆病風に吹かれている場合ではない。

フランソワのためにならば、なんでもしようと決意したではないか。

カロリーヌはごくんと唾を呑み込み、顔を上げる。

フランソワが余裕のある態度で言い返す。

「義母上、たぶらかしたのは私の方でございます。私はカロリーヌに一目惚《ひとめぼ》れし、あの手この手で彼女を陥落させたのです」

ローザ王妃がじろりとカロリーヌを睨みつける。

「それならば——側室か愛人でよかろう。貴殿は女性慣れしていないので、今は浮かれておられるだけだ。正妃はしかるべき女性を娶《めと》るべきだ」

「しかるべく——」

フランソワが低くつぶやく。

それから彼は、穏やかだが迫力のある口調で言った。

「義母上、私は愛する人は生涯一人と決めている。私はカロリーヌを愛している。伴侶を選ぶのに、それ以上の理由は必要ない。私と彼女は、心から愛し合っている」

フランソワはカロリーヌに顔を向ける。強い目線だ。

「カロリーヌ、お前も私を愛しているな？」

カロリーヌは思わず答える。

「はい、お慕いしております」

フランソワはうなずき、ローザ王妃を見据えた。

「問題ない。私は彼女と婚約します」

フランソワには、有無を言わさぬ威厳があった。それからフランソワは、冷ややかに付け加えた。

「私は父上とは違うのです」

暗に国王と自分たちの過去の関係をほのめかされ、ローザ王妃は顔をさらに赤く染めたが、それ以上言い募れなかった。

彼女は口惜しげに顔を歪《ゆが》め、

「お好きになさるがいい。後悔なきよう」

とひと言吐き捨てるように言うと、かさばる豪華なスカートを翻《ひるがえ》し、奥の王家専用の扉から姿を消してしまった。

残された臣下たちは居心地悪げにうつむいていたが、フランソワが、

「ではこれで会議は解散する。皆、それぞれの仕事に励むよう」

と告げると、一礼するや否やばらばらと会議室を出て行った。

がらんとした会議室に、フランソワとカロリーヌだけが残される。

フランソワがふん、と鼻を鳴らした。

「失礼な奴《やつ》らだ。第一王子が婚約すると言うのに、少しは祝福するフリでもすればいいものを――まあいい、王妃派にはいずれ思い知らせてやる」

カロリーヌは、おずおずと言う。

「あの……殿下、やはり、私などでは皆様が納得しないでしょう」

フランソワが強い視線でこちらを見つめた。

「納得などいらぬ。お前と私は愛し合っている。それ以上、何が必要だ？」

カロリーヌはタジタジしながらも、ここはフランソワの病のためにも、愛し合う婚約者という役目を全うせねばならない、と自分に言い聞かせた。

「そ、そうですね、私たちは愛し合って婚約した、ということですものね」

フランソワが満足げにうなずく。

「その通りだ。では、愛のしるしに口づけしようか」

やにわに腰を引きつけられ、唇を奪われる。

「んっ、ん」

ちゅっと音を立てて唇を吸い、フランソワはため息をつく。

「扉が開いてお前が現れた瞬間、あまりに美しいので、その場で抱きしめてこうしたかったのだ」

ちゅっちゅっと唇を吸い立てたかと思うと、強く唇が押し付けられた。

「ん、ふ……」

柔らかな唇の感触の心地よさに、カロリーナはうっとりと目を閉じる。

と、フランソワの濡れた舌先がカロリーヌの唇を割るようにぬるっと這《は》い回った。

「あ……？」

他人の舌の感触など生まれて初めてで、驚いて声を上げると、開いた口唇からするりとフランソワの舌が忍び込んできた。

「んっ、んんぅ？」

驚いて身を引こうとして、二、三歩後ずさりしたが、壁際に追い詰められてしまう。

フランソワの身体と壁に挟まれて身動きできないでいると、大きな両手ががっちりと背中に回って、きつく抱きしめてしまう。

フランソワの熱い舌先が、そろそろとカロリーヌの歯列を辿り、ゆっくりと口蓋を舐《な》め回した。

「んんぅ、ふ、ふぁ……っ」

フランソワの舌は確かめるみたいに丹念に、カロリーヌの口腔《こうこう》を舐めていく。

最後に、怯えて奥に縮こまっていたカロリーヌの舌を探り当て、ぬるぬると舌を擦り合わせてくる。驚きと恥ずかしさで、目を強く瞑《つぶ》ってしまう。どうしていいかわからないので、舌先でそっと相手の舌を押し返そうとしたら、ちゅうっと音を立てて強く吸い上げられた。

「あぅ、ふぁ、ん、んぁ」

一瞬、ぞくりと背中に悪寒のような震えが走った。

フランソワは舌を絡め、何度も舌を吸い上げてくる。

「ふぁ、く、ふぁ、んんんぅ」

心臓がばくばくし、頭がクラクラする。

吸い上げられるたび、身体の力が抜けて、急に体温が上がってくる気がした。

痛みが走るほど舌を吸われるたび、ぞくぞくとうなじから背中にかけて震えが走るが、不快なものではなく、不可思議な甘い痺れが混じっている。

「や……く、ん……んんぅ、っ……」

舌の付け根まで強く吸われ、息が詰まり嚥下《えんげ》できない唾液が溢れてくる。すると、フランソワの舌がくちゅくちゅと唾液を捏《こ》ね合わせるように口腔を掻き回し、音を立ててそれを啜《すす》り上げた。あまりに卑猥《ひわい》な音と行為に、気が遠くなる。

力の抜けた身体を支えるように、フランソワがしっかりと抱きすくめ、わずかに唇を離し、はあっと満足そうにため息をついた。

「ああ甘いな――お前の口の中、舌、なんて甘くて美味なんだ。もっと味わわせてくれ――」

拒む間も無く、再びフランソワの舌が口腔に挿入《そうにゅう》される。

「ふ、ん、ふぁ、ん、は……ぁ、ん……」

口いっぱいにフランソワの舌で満たされ、余すところなく蹂躙《じゅうりん》されているうちに、未知な心地よさが迫り上がってきて、拒むことができなくなる。

こんな淫らで深い口づけがあったなんて。

しかも、酩酊しそうなほど気持ちよくなってしまう。

ひどく身体が昂《たかぶ》り、下肢の奥の方のどこかが妖しくざわめいた。

四肢に力が入らず、頭の芯がぼうっとしてきて、フランソワのなすがままに口腔を貪られてしまう。

「はぁっ――堪《たま》らない、お前の舌、口づけが悦《よ》すぎて、止まらぬ――」

息継ぎでわずかに唇を離したフランソワは、熱のこもった青い瞳で見つめ、色っぽい声でささやく。その声色にすら、ぞくぞく背中が甘く慄《おのの》く。彼の美麗な顔に浮かぶ野性味を帯びた欲望の色に、壊れそうなほど胸が高鳴り、

「あ、ぁあ、殿下……お願いです……もう……私、気が遠くなりそう……」

フランソワの腕にもたれ、息も絶え絶えで訴えた。

「カロリーヌ、カロリーヌ――その顔、可愛いぞ。お前のなにもかもが、可愛い。食べてしまいたいくらい、可愛い」

感極まったように、フランソワはカロリーヌの火照《ほて》った頬や額、涙の浮いた目尻にも口づけの雨を降らせた。

「ん……ふ、ぁ……」

初めての深い口づけの余韻に、カロリーヌの頭の中はまだ霞《かすみ》がかかっている。

「そうだ――婚約の証《あかし》にこれをお前にやろう」

ゆっくり顔を離したフランソワは、壁にカロリーヌを押し付けて、自分の首から下がっている細い金鎖を外した。そこには小さな指輪がネックレスのようにぶら下がっていた。

フランソワはその指輪を外し、カロリーヌの左手を取ると、薬指にそれを嵌《は》めた。

シンプルな金の指輪だが、形の揃った小さなダイヤモンドが散りばめてあり、見るからに高価そうだ。

「これは……？」

「亡き母の形見の指輪だ。父上は、ローザ王妃に懇願され、私の母の遺《のこ》した物をことごとく処分してしまった。唯一、これだけは子どもの時の私のおもちゃ箱の隅にまぎれていたのだ。ああ――お前の指にぴったりだな」

「そんな――たいせつな形見を、いただけません」

カロリーヌが慌てて指輪を外そうとすると、フランソワの手が優しくそれを押しとどめる。

「もう私には、お前以上にたいせつなものはない。私が触れられる唯一無二の乙女がお前だ。受け取ってほしい」

「はい……」

たとえ繋《つな》ぎの婚約者だとしても、こんなにも丁重に扱われて、カロリーヌは胸がじんと熱くなる。

カロリーヌは真摯な眼差しでフランソワを見つめた。

「殿下、私は誠心誠意、心を込めて、殿下の婚約者としての役目を勤め上げます。あの――男性と接するのは初めてなので、不馴《ふな》れなことは寛大にみてください」

フランソワが苦笑した。

「ふ、それは私も同じだ。女性と接するのは初めてなので、お前の扱いに慣れぬことをするのは、大目にみてくれ」

白い歯を見せたフランソワの表情があまりに素敵で、カロリーヌはドキドキしすぎてもう声も出なかった。

その日のうちに、正式にフランソワ第一王子とカロリーヌの婚約が発表され、城内はおろか、国中が騒然となった。

『女嫌いの殿下』の心をついに射止めた乙女はどのような人だろうと、誰も彼もが興味津々であった。

そして、カロリーヌは即日、狭い使用人宿舎から、城の最上階にあるフランソワの専用のエリアの一室に移り住むことになった。

一日にして、カロリーヌの人生は百八十度転回したのである。

第三章　寄り添う孤独な魂

朝の光が微《かす》かにベッドの天蓋幕《てんがいまく》の隙間から差し込む。

「ん……？」

うっすらと目を開けたカロリーヌは、しばらくぼうっと天蓋を見上げていた。

それからハッと我に返る。

「あっ、いけないっ、お掃除に行かなくちゃ」

ガバッと起き上がり、ベッドから飛び降りて、キョロキョロ部屋の中を見回した。

見覚えのない広い寝室の中だ。

一流ホテルの一室みたいに、内装も調度品も超豪華だ。よくよく見ると、着たこともない肌触りのよい薄絹の寝間着姿だ。自分の着替えはどこだろう。掃除係の制服は？

そこまで考えて、やっと気がつく。

「私……本当にフランソワ殿下と婚約したんだ……」

まだ夢の続きのようで、へなへなと床に座り込む。ふかふかの上等の絨毯は座り心地もよい。

「おい――夜明けから、なにをばたばた走り回っている」

ふいに寝室の扉が開き、ゆったりした寝間着姿のフランソワが現れた。

寝起きなのか、綺麗な髪がくしゃくしゃで眠そうに瞼《まぶた》が垂れている。

「きゃ、殿下、ノックしてください」

寝間着は透け透けなので、思わず両手で胸元を隠してうずくまる。

フランソワは裸足《はだし》のまま大股で近づいてきた。

「ノックも何も、ここは私の部屋だ。お前が私のベッドを占領したから、私は応接間のソファで寝ていたのだぞ」

頭の上に不機嫌そうな声が降ってくる。

カロリーヌは目を見張って顔を上げる。

「ええっ？　そ、そんな無礼なことを私が……」

「デザートの途中で、お前がテーブルに突っ伏して寝てしまったから、私は仕方なくここへ運んだのだ」

昨夜は、遅い晩餐《ばんさん》を王家専用の食堂でフランソワと摂っている途中で、意識がなくなった。あまりにそれまで気を張っていたためか、食事の途中で寝落ちしてしまったらしい。

カロリーヌは恥ずかしさに、全身がかあっと熱くなった。

慌てて床に平伏して謝罪する。

「も、申し訳ありません。今後は決してこのような失礼はないように、気をつけます」

「何も申し訳なくないだろう。気をつけると言うのなら、そのような侍女みたいな態度は二度とするな。仮にも、お前は王子の婚約者だぞ」

「あ――も、申し訳あ……いえ、その……」

無様な態度に、さぞフランソワが呆《あき》れているだろうと、狼狽えて顔を上げて彼を見上げた。

意外にも、フランソワは気遣わしげな表情をしている。

「お前は羽のように軽かった。華奢《きゃしゃ》で繊細な東洋の陶器みたいにもろそうで、扱うのにひどく緊張したぞ。袖を通す時など、腕を折ってしまわないかと、冷や汗ものだった。その――どこか痛めていないか？」

「痛くは――えっ？」

カロリーヌは顔から火が出そうになった。

「わ、私を着替えさせたのは、殿下ですかっ？」

「そうだ」

カロリーヌはさらに顔が赤くなる。では、裸体を見られたということか。

「いやだ、なんでそんなこと……」

両手で顔を覆《おお》っていやいやと首を振った。

すると、ゆっくりと跪いたフランソワがカロリーヌの髪に触れてくる。

「お前を誰にも触れさせたくないからな。触れてよいのは私だけだ。そも、婚約者ではないか。これでも最大限の自制心でお前を着替えさせて、別室で寝たのだぞ――あのまま抱いてしまってもかまわなかったのか？」

「だ、抱く……？」

カロリーヌは両手の間から、おずおずとフランソワを見る。

彼はすっかり目の覚めた顔で、こちらを艶《なまめ》かしい目つきで見つめていた。

「そうだ。お前のすべてが、私を煽《あお》ってくる。起き抜けの男性の欲望の強さを、お前は知らないだろう」

恐怖で胃の奥がひやっと竦み、カロリーヌは弾かれたように立ち上がった。そして、慌てて壁際に引き下がる。

場繋《ばつな》ぎの婚約者ではないのか？

「で、殿下、殿下――あの、私はその、そういうことは、その、あの……」

冷や汗がダラダラ流れ、狼狽えてしどろもどろになる。

口づけすら知ったばかり。それ以上の行為など、想像もできなかった。

フランソワが意味ありげな笑みを浮かべ、ゆっくりと迫ってきた。

「可愛いな。お前は。お前の白い肌や、潤んだ瞳、なだらかな肉体の線に、私の理性は吹き飛びそうだ」

彼は壁に両手をドンとついて、腕の中にカロリーヌを閉じ込めてしまう。

逃げ場を失い、カロリーヌの心臓がばくばくいう。

「怯えなくてもいい。じっくりお前の身体を味わってからだ――」

身を屈めたフランソワが、熱い息とともに低い声を耳孔に吹き込んでくる。

怖いのに、ぞくっとうなじのあたりが甘く震えた。

「で、殿下……殿下……」

身を強張らせる。フランソワの高く硬い鼻梁《びりょう》が、すりすりと首筋を擦ってくる。その擽《くすぐ》ったいようなじれったいような感触に、肩がびくついた。

「香水を振りかけているわけでもないのに、なぜお前はこんなにもいい匂いがするのだろう。男を誘う甘い香りだ。私はおかしくなってしまう」

ぬるっと首筋を舐められ、官能的な痺れが身体を走り抜けた。

「あ、ん」

「ほら、そんな悩ましい声を出して。お前も私を欲しがっているとしか、思えぬ」

つつーっと濡れた舌が首筋から耳裏を這《は》う。

「ひゃ……ん」

ぶるっと下肢が慄き、身体の芯のどこかがじくんと疼《うず》くような気がした。このままあちこち舐められていたら、震えが止まらなくなりおかしくなりそうだ。このままでは、強引に抱かれてしまうかもしれない。

肩を竦めて、フランソワの舌から逃れようとした。

「お願いです、殿下……もう、どうか、どうか……許して」

しかし弱々しい懇願など、フランソワの耳には届かぬようだ。

「そんな甘い声を抱いても、誘い文句にしか聞こえない」

彼の手がカロリーヌの胸元に伸ばされた。

と、直後、寝室の大理石の暖炉の上の置き時計が、ちーんちーんと呼び鈴を鳴らした。

「あ」

フランソワが我に返ったように動きを止める。

彼はやんわりと身を離した。

「すまぬ――早朝の王室騎馬兵たちの閲兵《えっぺい》の前に、行かねばならぬ用がある」

カロリーヌはほっとして、全身の力を抜いた。

フランソワと深い仲になることに、嫌悪感があるわけではなかった。いや、本心はなにもかもすべて捧《ささ》げるのは、彼しかいないと思っている。

でも、初心で処女のカロリーヌには、まだ心の準備ができていなかったのだ。

「こんな夜明けのお時間に、どこへですか？」

「んむ、ちょっとな――」

口ごもって数秒考えてから、フランソワはカロリーヌの手をそっと取った。

「そうだな、お前も一緒に来てくれ。お前にだけは、知っておいてもらいたい」

なにがあると言うのだろう。でも、彼のことはなんでも知りたい。

かりそめの婚約者だとしても、カロリーヌは彼を愛している。

遠くから憧れの存在として恋していた時より、複雑な生《お》い立ちで苦悩を抱えた生身のフランソワを知るにつけ、愛情がどんどん深まっていくのを感じていた。

「まだ肌寒い。これを羽織れ」

フランソワは自分の厚手のガウンをクローゼットから出し、カロリーヌに着せかけた。大きくてブカブカのガウンに包まれると、ほっこりとしてひどく安心できた。

フランソワが部屋の外に出ると、寝ずの番をして扉の外を守っていた警護兵たちが、さっと敬礼した。

「そのまま待機せよ」

フランソワはひと言命じ、カロリーヌの手を握って長い廊下を歩き出した。廊下の突き当たりに、狭い螺《ら》旋《せん》階段がある。

「ここから、城内のどこでも自由に行き来できる王家専用の通路に繋がっている。私は時々、お忍びで城の中を視察して回ったりするんだ――少し暗いから足元に気をつけろ」

彼は先に立って階段を下り始め、カロリーヌを先導する。

どこに行くのだろう。

右も左も分からないまま、ぐるぐる螺旋階段を下り、一階の通路をまっすぐ進んだ。途中いくつもの小さな扉があり、フランソワはさらに奥の扉を目指した。

「ここから、城内に出る」

彼は右手の人差し指に嵌めていた複雑な文様を彫り込んだ金の指輪を、扉の鍵穴部分に押し付けた。がちりと鈍い音がし、扉が静かに開く。

「まだ使用人たちも目覚める前の時間だ。行こう」

フランソワに手を引かれ、城の廊下に出たカロリーヌは、ハッとする。

この廊下には見覚えがある。

自分がいつも掃除をしている、城の最奥の西の廊下だ。とっつきは物置同然のさびれた場所だ。

なぜ、こんなめったに人も来ないところにフランソワが来るのだろう。

フランソワは突き当りの、無造作に不用品が積み上げてあるあたりまで来ると、カロリーヌの手を離し、側の窓のカーテンを引いた。

沈みかけた月の光が、ぼんやりとその場を照らす。

「この絵だ」

フランソワは壁の隅に立てかけてある額縁の前に立つ。

カロリーヌの脈拍が速まった。あれは、いつもカロリーヌが丁重に塵を払っていた聖母子像の絵だ。

カロリーヌは無言でフランソワの隣に並んで絵を見下ろす。

薄明かりの中で、聖母の顔は神々《こうごう》しいほど美しく見えた。

フランソワはまっすぐ絵に視線を落としたまま、小声で言う。

「この絵の聖母子像は、ほんとうは私と母上の肖像画だった」

「え？」

フランソワはさらに声を潜めた。

「母上は表向きは病死ということになっているが、真実は、尖塔の上から身を投げて死んだのだ――」

「っ――」

カロリーヌは声を失う。

フランソワは淡々と語る。

「母上は父上の不貞を知っていた。他所に子どもまで作っていたこともわかっておられた。母上はそのことでずっと苦しまれていた。病を得て気弱になられた母上は、世を儚んで命を絶たれた――この国では、自殺は神に対する冒瀆《ぼうとく》行為だ。王妃がそんな大罪を犯したことが世に知れては、王家の名誉に傷がつく。そのため、父上は母上の死の真相を隠蔽《いんぺい》し、母上に関するものはすべて処分してしまった。この肖像画も、画家に聖母子像に描き直させてから、こんな城の片隅に放置されたのだ」

カロリーヌは息を詰めて、フランソワの話を聞いていた。なにげなく心惹かれた聖母子の絵に、このような真実が隠されていたなんて。

フランソワはカロリーヌの心中には気づかないまま、話し続ける。

「私が母上の死の真実を知ったのは、十歳の時だ。その頃にはすでに王家の権力を握っていたローザ王妃の逆鱗に触れて国外追放になった古参の臣下が、最後に私に教えてくれたのだ。それ以来――私は人恋しく寂しくなると、ここに来てこの絵を眺めるのが習わしになったのだ――毎朝、ここで母上の冥福を祈ってから、その日の公務に赴くのを常としている。この場所は私の唯一の心の慰めだった」

「そうだったんですか……」

「私の女性嫌悪の病は、もしかしたら母上の死とあの厚化粧のローザ王妃に端を発しているのかもしれない――お前は、どことなく母上の面影に似ているな」

「そんなことは……でも」

カロリーヌは一歩前に出て、そろりと額縁の縁を撫でた。

「私はなぜかこの絵に惹かれ、毎日心を込めてお掃除をしていました。殿下と私は、いくばくかのえにしがあったのでしょうか」

フランソワの目が驚いたように見開かれる。

「お前か？　こんな誰からも忘れられた場所を、塵ひとつなく綺麗にしていたのは、お前だったのか？」

カロリーヌは頬を染めてうなずく。

「はい」

「そうか――では、お前と私が出会ったのは、必然だったのだな」

フランソワがしみじみと言う。彼の片手が探るように伸びてきて、カロリーヌの手を握った。

カロリーヌもそっと握り返した。

二人はしばらく無言で絵の前に佇《たたず》んでいた。

ふいにフランソワがきっぱりと言う。

「私はもっと研鑽《けんさん》し力を得て、必ずや立派な国王になる。今の私利私欲に走っている堕落した王家の道を正し、民の幸福を第一にする国にしたい」

繋いだ手を通して、彼の強い意志と熱量が感じられ、カロリーヌまで胸が熱くなる。

「できますとも、殿下。殿下なら、必ず」

心を込めて言うと、フランソワがぎゅっと手を握ってきた。さらに力強い声で宣言する。

「そして、お前を王妃にする」

「え、ええっ？」

素っ頓狂な声が出てしまった。

「何を驚く。婚約者なのだ、当然だろう」

フランソワがこちらに顔を振り向けた。あまりにまっすぐな視線が眩しい。目を伏せて、口ごもる。

「で、でも……私は、その、たまたま……」

「たまたま、が何度もあるわけがない。この絵のことで、確信した。お前と私は結ばれる運命にあったのだ」

カロリーヌはフランソワのきっぱりした口調に圧倒されてしまうが、これまでまったく女性に縁のなかった彼だ、気が逸《はや》っているだけかもしれない。

「いえ、殿下、殿下にはこれからふさわしい女性が必ずや、いつか——私はそれまでのお役目で——」

ぐぐっとフランソワが身を乗り出してきた。視線を掬《すく》い取るように捕らえられ、カロリーヌは目を見開いて息を詰める。

「いつかって、いつだ？」

「う——」

「今こうして目の前にいるお前で、なぜダメなんだ？」

「だって、なぜ私なんか……」

するとフランソワの白皙の目元が赤く染まった。

「何度言わせるんだ！　愛しているからに決まっているだろう！」

「愛し……」

「お前だって、会議の時に言ってくれただろう。私を慕っていると」

「だって、あの時は王妃陛下を始め皆さんを納得させるために——殿下が誇張しておっしゃったのだと……」

今度はフランソワが目を丸くした。

「お前は、私がその場しのぎの嘘《うそ》を言ったと思っていたのか？」

「だって……」

「では、私のことを慕っているというお前の言葉こそ、偽りなのか？」

「……」

フランソワの青い目が血走ってる。あまりにも切羽詰《せっぱ》まった表情に、カロリーヌは胸が掻き毟《むし》られた。

ほんとうに？　ほんとうにこの私を愛しているの？

虐げ続けられてきたカロリーヌには、自分が誰かに愛されることなどあり得ないと思っていた。

「どこが……？　私なんかのどこが……？」

嗚咽《おえつ》が込み上げてくる。

フランソワが表情を緩めた。

「誰かを愛するのに理由が必要か？」

「だって……」

「確かに、お前は私が触れることのできる唯一の乙女だ。だが、それだけではない。お前のその素顔そのままが、どんなに魅力的で美しいか。突然王妃と臣下たちの前に引き摺《ず》り出されて、臆せず胸を張っていたお前の、なんと気品に溢れて神々しかったことか。そして——こんな誰も来ない城の片隅を、決して手を抜くことなく丁重に掃除をし続けていたお前の誠実さ——なにもかも、私の心を捕らえて離さない。そして、もっともっとお前のことを深く知りたいと思う。そして、私のこともなにもかも知ってほしいと思う。一生側にいて、互いのことを思い遣って生きていきたい——そう願ってはダメなのか？」

「うぅ……っ」

あまりにも心に染みる誠実な言葉に、とうとうカロリーヌの涙腺が崩壊してしまう。

フランソワが狼狽えたようにカロリーヌの濡れた頬を両手で包んだ。

「泣くほど嫌なのか？　私のどこが嫌なのか言ってくれ」

カロリーヌは首をふるふると振った。

「いいえ……いいえ……そんなお言葉……嬉しい……嬉しくて……」

フランソワがほっと息を吐いた。

「では、お前も私が好きなのだな？」

カロリーヌはこくこくうなずく。

するとフランソワがもどかしげにカロリーヌの顔を揺さぶる。

「私ばかり言わせて卑怯《ひきよう》だぞ。お前も言え」

駄々《だだ》っ子のような言葉に、カロリーヌは思わず微苦笑してしまう。

次期国王で容姿端麗で文武両道な、完璧な青年なのに。

ほんとうは女性慣れしていない殿下。

初恋に戸惑う一途で不器用な殿下。

なんて愛おしいのだろう。

カロリーヌは涙でいっぱいの瞳をまっすぐフランソワに向ける。

「好きです、殿下」

フランソワが一瞬満面の笑みになり、すぐに不服そうに唇を尖《とが》らせた。

「殿下はやめろ。お前はもう侍女なんかではない。私と対等の関係だ」

カロリーヌは恐れ多いと思ったが、勇気を振り絞る。

「……フランソワ様、好きです」

「カロリーヌ」

フランソワがこの上なく幸せそうに笑った。

ああ、こんな顔を見られるのなら命を捧げよう。

この人を幸せにするのが自分の役目なら、まっとうしよう。

「なんという心地よい響きだ。もっと言え、カロリーヌ」

「好きです、フランソワ様、愛しています」

「もっと言ってくれ」

「愛しています」

「――私も愛している。最初に会った時から、ずっとだ」

顔を包んだ彼の両手が、そっと仰向かせる。

フランソワの顔が寄せられ、カロリーヌは目を閉じる。

柔らかく唇が触れ合う。

あまりに幸福で気が遠くなりそうだ。

「しょっぱい口づけだ――だが、お前の涙を味わえるのも、私だけの特権だ」

甘くつぶやき、フランソワが繰り返し啄《つい》ばむような口づけを仕掛けてくる。カロリーヌも拙いながら、顔の角度を変えて、それに応える。

「ん……」

二人は一番鶏《いちばんどり》が時を告げるまで、城の片隅で口づけを交わし合った。


フランソワの部屋に戻ると、彼はいつものキビキビした王子殿下に戻った。

彼は侍従を使うことなく、自分で軍服に着替えながらカロリーヌに言う。

「今日中に、私の部屋の一室をお前の部屋に横様替えし、衣服や身の回りのものなどなにもかも揃えておく。お前は当分そこで暮らせ。私が信頼している侍女を選んで数名付けてやるが、王子の婚約者として、必要な教養や所作はすべて教えてやる。部屋の外に出る必要がある時には、私が同行する。なので、しばらくは不自由だろうが呑んでくれ」

カロリーヌはフランソワに近づいて、彼の腰に巻くサッシュを結ぶのを手伝う。

「そんな、お忙しいフランソワ様のお手を煩わせることはできません。誰か教育係を付けていただければ――」

するとフランソワは厳しい顔つきになる。

「ダメだ。お前を他人に任すわけにはいかぬ」

有無を言わさぬ強い口調に、カロリーヌは目をパチパチさせて声を呑んだ。

直後、フランソワは表情を和らげる。

「愛しいお前を独り占めしたいのだ。わかるだろう？」

彼はカロリーヌの頬に唇を押し付け、サッシュに銀のサーベルを差すと戸口に向かって歩き出した。

「では朝の閲兵に行ってくる。とりあえず、マリウスを寄越《よこ》すので、万事彼に頼め。一時間後、私の食堂で会おう」

小気味好《よ》い軍靴の音を響かせ、フランソワは出て行った。

「ふぅっ……」

目まぐるしく変わっていく自分の人生に、カロリーヌはまだ気持ちが追いつかない気がした。でも、フランソワを愛する心だけはひと呼吸ごとに強くなっていくのがわかる。

彼のためにならなんでもできる、と決意を新たにした。

数分後、扉がノックされてマリウスが入ってきた。

「カロリーヌ様、殿下のご命令で私が厳選した侍女たちを連れてきました。後から、部屋の模様替えをするための職人たちも参りますが、まずは身の回りのお世話をこの者たちにおまかせください」

彼の背後には、見るからに有能そうな緑のお仕着せに身を包んだ王家直属の侍女たちが数名並んでいる。

最初に着替えを担当してくれた顔なじみの侍女も混じっていた。

「よろしくお願いします。私、王家のこともしきたりも何も知らないので、どうかいろいろ教えてくださいね」

丁重に頭を下げると、マリウスが穏やかに諭す。

「カロリーヌ様。あなた様はもう殿下の婚約者なのですから、そのような気遣いは無用です。私を含め、ここにいる者たちは皆、あなた様の配下のしもべとなるのですから。どうぞなんでもご命令ください」

「で、でも……」

昨日までカロリーヌだって、この城の使用人の立場だったのだ。突然偉そうにしろと言われても、できるものではない。

マリウスはカロリーヌの戸惑いを察知してか、小声で後ろの侍女たちになにか命じた。さっと、彼女たちが動く。マリウスはカロリーヌに顔を向け、丁重に言葉を紡ぐ。

「とりあえず、湯浴《ゆあ》みをなさり、朝のドレスにお着替えください。王家の女性は、朝昼晩と、最低三回はお召し替えをします。その上に、正式な場へ出るための礼装、野外用の着替え、夜会用の着替えと、様々な時間と場所によってもドレスが違います。装飾品も小物もそれぞれの決まりがあります。そういうことから、ひとつひとつ覚えていかれるとよろしいでしょう」

「わ、わかったわ、マリウス、ありがとう」

着替えのしきたりを覚えるだけで、目が回りそうだ。フランソワの右腕と言われている有能なマリウスがいてくれて、ほっとする。

マリウスはあとは侍女たちに任せて、部屋を出て行こうとしてふと立ち止まり、振り返って念を押した。

「侍女たちには申し付けてありますが、しばらくは、お化粧や香水の類だけはなさらぬように。お化粧は淑女の嗜《たしな》みではありますが、万が一の殿下の体調を考えますと」

カロリーヌはうなずく。

「わかりました。フランソワ様のお身体が第一ですから」

もとより、過度に着飾ったりけばけばしく化粧するつもりはない。突如フランソワの婚約者に選ばれた、ぽっと出の自分に対する風当たりが強いことは、ローザ王妃の態度一つでも重々感じられる。控えめにするに越したことはないだろう。

そうは言っても、侍女たちがあつらえた最新流行の朝のドレスに着替え髪を結い上げると、それだけでカロリーヌは艶やかな雰囲気になった。自分がこんなに綺麗に仕上がるのを見ると、やはり若い少女心は嬉しさに胸が弾んだ。

その姿で、侍女に案内されてフランソワ専用の食堂へ出向くと、すでに閲兵式を終えたらしいフランソワが、長いテーブルの奥に座っていた。彼はカロリーヌが入ってくると、さっと席を立って迎えにくる。彼は満面の笑みで、片手を差し出す。

「お前は美しいな。朝咲きの薔薇の花のように瑞々《みずみず》しい」

「そんな――新しいドレスのせいです」

謙遜したが、好きな人に褒められとひとりでに口元が緩んでしまう。フランソワの向かいの椅子を、彼が引いてくれる。お姫様のように扱われ、なめらかな彼の所作が素敵だと胸がドキドキしてしまう。

朝食を摂りながら、フランソワが今後の予定を話した。

「本日、私は正式にお前との婚約を発表する。昨日のうちに、王族関係始め貴族議員や首都の上級貴族たちには、登城するように触れを出してある。午後三時、城の大広間で公の前でお前を披露するから、礼装に着替えておけ」

カロリーヌは手にしてたティーカップを取り落としそうになる。

「き、今日――ですか？」

フランソワは当然と言った顔でうなずく。

「善は急げだ。もう私は、お前以外の女性と近づきになりたくない」

彼の気持ちは理解できるが、カロリーヌの方にはなんの心積もりもできていない。

「私、まだ城の作法も振る舞いも知りません。おそらく、侍女上がりの私に対する周囲の目は厳しいでしょう。私がそれなりに振る舞えるようになってからの方が……」

「その通りだな、お前は綺麗なだけではなく賢い。私の見込んだ乙女だけある。だが、カロリーヌ、今だろうが一年後だろうが、色眼鏡《めがね》をかけた人々はお前の粗探しをするだろう。人間の偏見と思い込みとは、そういうものなのだ」

カロリーヌはハッと気づかされた。

ヴィエ家でずっと、義母や義姉たちがいつかわかってくれると信じて誠実に仕えてきたことを思い出す。でも、彼女たちには少しも理解してもらえなかった。それは、城に下働きに来てからも同じで、貴族出身の自分に偏見を持った他の侍女たちのいじめは、絶えることはなかった。

考え込んだカロリーヌの表情を見て、フランソワが諭すように言う。

「思い当たるだろう？　そういう輩《やから》には、こちらから手を差し伸べて妥協しても無意味だ。あちらから歩み寄らせるんだ。それには、有無を言わさぬ実力と自信を身につけることだ。とりわけお前は王妃になるのだからな」

フランソワの手がテーブル越しに伸びてきて、カロリーヌの手に重なる。

「臆することはない。この私が一緒だ。世界中がお前の敵になろうと、私は死ぬまでお前の味方になり、お前を守り抜く」

男らしい大きな手の感触に、こんな素晴らしい男性に愛されたという誇らしさが胸いっぱいに溢れてくる。

「わかりました。今日でかまいません」

カロリーヌはきっぱりと答えた。

「その意気だ」

フランソワがにっこりする。


午後、城の大広間には招集をかけられた大勢の貴族たちが集まった。

その大広間の扉の外で、フランソワに腕を預けたカロリーヌが佇んでいる。

礼装用の首が詰まって袖の長い深紫色のベルベットのドレスは、透き通るようなカロリーヌの肌と艶やかな金髪をこの上なく引き立てていた。化粧気がないのも、本来の美貌を際立たせている。

カロリーヌの隣に立った、金モールの肩章を付けた純白の礼装姿のフランソワは、精悍《せいかん》で男の色気漂う神々しさだ。

彼は扉の前の先触れ係に命じる。

「入る」

左右から観音開きの扉を、王家付きの近衛兵《このえへい》たちがさっと開いた。

「フランソワ王子殿下、並びにカロリーヌ・ド・ヴィエ嬢のお着きです」

朗々とした声で先触れ係が告げると、大広間中を埋め尽くしていた人々の空気がどよっと動く。

「行くぞ」

フランソワはカロリーヌを促し、中央に長く敷かれた赤絨毯の上を悠々と歩き出す。

赤絨毯の左右に控える人々が、一斉に最敬礼した。

その中を、フランソワとカロリーヌは奥の階の上に二つ並んだ椅子に向かって進んで行く。

階に一番近い場所には、昨日会ったローザ王妃や重臣たちが控えていた。身分的にはフランソワより高い地位に居るローザ王妃だけは頭を下げず、射るような眼差しでカロリーヌを睨んでいた。

カロリーヌは緊張のあまり、自分の心臓の音が大広間中に響いているのではないかと思う。こんな大勢の身分の高い人々の前に出ることなど、生まれて初めてだ。足が震えそうになるが、自分をエスコートするフランソワの腕の力強さが気持ちを支えてくれた。

階を上がると、フランソワが先にカロリーヌを椅子に座らせ、それから深々と自分の椅子に腰を下ろす。

「皆の者、面《おもて》を上げよ」

フランソワの凛《りん》とした声は、大広間の隅々まで響き渡った。

さっと顔を上げた人々の視線は、カロリーヌへ集中する。

フランソワは堂々と宣言する。

「本日、私フランソワ・シャンピオンは、このカロリーヌ・ド・ヴィエと正式に婚約する運びとなった」

直後、大広間中がざわざわと騒がしくなった。

何百という眼差しがカロリーヌの全身に突き刺さる。

皆の表情のほとんどは、驚き、好奇、軽蔑、嫌悪といった負の感情で満ちていて、顔を上げているのが辛い。でも、精いっぱい勇気を振り絞り、胸を張って前を見つめていた。

ここで気圧《けお》されておどおどとしていては、自分を選んだフランソワの恥になってしまう。

王子殿下に少しでもふさわしいように振舞わねばならない。

だが、ひそひそ耳打ちする人々のつぶやきは、カロリーヌのもとまで漏れ聞こえてきた。

「若いだけの小娘ではないか」

「化粧気もなくて、町娘のようだ」

「身分も財産もない侍女風情に、殿下もなにを血迷われたか」

「正妃には、ナタージャナ国のガブリエッラ王女が最有力候補だったはずではないか？　美貌も地位もすべてあの方がずっと優《まさ》っておいでなのに」

カロリーヌは屈辱に頬に血が上るのを感じた。

無言でいたフランソワが、ふいにぴしりと言う。

「この婚約に異議がある者は、この場で挙手して意見するがいい」

彼は眼光鋭く大広間中を見回した。

すでに王としての威厳と風格にあふれているフランソワに、人々は恐れおののくように押し黙った。

と、最前列の椅子に座っていたローザ王妃がおもむろに片手を挙げる。

「恐れながら、殿下。ひと言よろしいでしょうか？」

フランソワはわずかに目を眇め、うなずく。

ローザ王妃の左右に、さっと控えていた侍従たちが介添えして、彼女は恰幅のいい身体をのっそりと起こした。今日のローザ王妃は、昨日にも増して派手な真紅のドレスを着込み、これでもかと髪を盛り上げて金粉と香水をそこへふんだんにかけていた。階の上までぷんぷん香水が匂ってくる。

「なんとおめでたいことでしょう。『女嫌いの殿下』などと言い慣《な》らわされていたフランソワ殿下が、やっと女性にお目覚めになったのです。これは我が王家にとっても、明るい話題と言っていいことですわ。私もこ

の国の王妃として、義理の息子の恋を応援しますわ。ねえ、皆様、どうか若きお二人の前途を祝って差し上げてくださいまし」

ローザ王妃はにこやかに大広間の人々へ向かって両手を広げた。

現状、王家の最高権力者の彼女の言うことである。

一気に場の空気が変わる。

「ご婚約、おめでとうございます、殿下」

最前列に控えていた重臣の一人が口火を切ると、人々は次々に祝福の言葉を述べ始める。

「おめでとうございます、殿下」

「おめでとうございます！」

「お二人に幸あらんことを」

カロリーヌはローザ王妃の思いもかけない援護に、胸を撫で下ろす。

祝福の声に包まれて、安堵《あんど》しながらそっとフランソワを見遣った。

「っ……」

美麗なフランソワの横顔が、険しく強張っている。

どうしたと言うのだろう。事態はうまくいっているのではないのか。

カロリーヌがドギマギしていると、彼女の視線に気がついたのか、フランソワが顔を振り向け、ぱっと華が開いたような笑顔になった。

彼は晴れ晴れとした表情で言った。

「皆の者、感謝する――そして、義母上、お口添えいただき、感激の極みでございます」

「おほほ、よろしいのよ。あなたは大事な第一王子殿下ですもの」

ローザ王妃は豪華な駝鳥《だちょう》の羽の扇で口元を隠し、親切めかして答えた。

フランソワとローザ王妃の視線が絡む。カロリーヌには、二人の間に目に見えない火花が散ったように思えた。

ともかく、フランソワとカロリーヌの婚約発表はつつがなく終了した。

フランソワとともに、彼の私室に戻ると、カロリーヌはほっと肩の緊張を抜いた。

フランソワはカロリーヌをソファに座らせると、自分は苛立たしげに部屋の中を行きつ戻りつしている。

「あの……私がなにか至らぬことをしましたか？」

カロリーヌは気遣わしげに声をかけた。

振り返ったフランソワが、表情を和らげる。

「いや、お前は完璧だった。文句なく美しく清らかだった。だが――ローザ王妃が、な」

「王妃陛下がどうなされました？　私たちを応援してくださるとおっしゃってくださったのに」

フランソワが苦笑する。

「お前は優しい心の持ち主だし、まだローザ王妃のことをよく知らぬからそう言うのだろう。だが、言葉の端々に、私への批判を含ませていた。『女嫌いの殿下』と強調し、私の女性経験の足りぬことを揶揄《やゆ》した。王妃として義理の息子を応援するという言葉には、母としては実の息子を王位につけたいという願望が透けて見える。ローザ王妃からしたら、私がずっと女性と関係を持たず、後継ぎを作れないという状況は、彼女には好都合だったのだからな。なにせ、義理の弟のアルベルトは、内密だが、すでに愛人たちの間に三人も子どもを成しているのだ」

カロリーヌは二人の間に、目には見えない駆け引きがあったことを初めて知る。

そして「女性経験」というあからさまな言葉に赤面してしまう。

「フランソワ様は、その、これまで女性と……」

思わず声にしてしまい、さらに赤くなって口を噤《つぐ》んだ。

フランソワがさっとカロリーヌの横に座ってきた。

「なんだ？　何を気にしている？」

鼻がくっつきそうなほど顔を近づけられ、カロリーヌは緊張して目線を逸《そ》らして首を横に振る。

「な、何も……」

フランソワがカロリーヌの熱をもった頬にちゅっと口づけをする。

「ふふ、お前は嘘がつけない。わかっているぞ。私が他の女性とこういうことをしたことがあるか、気にしたんだな？」

カロリーヌは耳朶まで真っ赤になった。

「い、いえ……」

「嫉妬してくれたのか。可愛いな——正直に言う、カロリーヌ」

フランソワはカロリーヌの手を取り、その甲に唇を押し付けながら、声を潜める。

「私はこれまで、女性と肉体関係を持ったことはない」

「っ……」

ずばり言われて、初心なカロリーヌに応えようもない。でも、心の隅ではなんだか嬉しくてホッとしてる自分がいた。だが、安堵している場合ではなかったのだ。

「だから――お前が初めてだ」

フランソワが耳元に熱い息を吹きかけながら、さらに身体を密着させてくる。

ローザ王妃の心無い言葉は、フランソワの男性としての尊厳を刺激したのかもしれない。フランソワの身体が熱くなっているのを感じ、カロリーヌの脈動が速まった。

「カロリーヌ――」

ふいに喰《く》らいつくような口づけを仕掛けられた。

「んんぅっ」

がちっと互いの前歯がぶつかる鈍い音がし、どちらかの口の中が切れたのか、錆《さび》のような血の味がした。

フランソワはかまわず、そのまま舌を差し入れてカロリーヌの口腔を掻き回した。

「ん、ふぁ、あふ」

舌が擦れ合い、血の味と唾液の混じったものがくちゅくちゅと卑猥《ひわい》な水音を立てた。異様な興奮がカロリーヌの頭をぼうっとさせる。

フランソワは口づけを続けながら、さらに身体を押し付け、カロリーヌをソファの上に押し倒す。そして、そのままのしかかるようにして、深い口づけを続けてくる。

「……んんぅ、くふぁ、あぁ……ん」

息が詰まり意識が酩酊するが、下腹部の奥のどこかは妖しくざわめいた。

フランソワの大きな手が、カロリーヌの身体の線を辿るように撫で上げ、形を確かめるみたいに胸の丸みを覆う。やにわにぎゅっと強い力で乳房を掴まれた。

「あ、痛っ……」

思わず声を上げると、フランソワがハッとしたように力を抜いた。そして、わずかに唇を離すと、気遣わしげに言う。

「すまない。力加減がわからなかった——だが、お前に触れたい。いいか？」

潤んだ青い瞳が懇願するように見つめてくる。その一途な眼差しに、胸がきゅんと甘く痺れた。

「や、優しく……してください」

消え入りそうな声で答えた。

フランソワがこちらの真意を探るような表情になる。

「触れたら、止まらなくなるぞ、きっと——私はお前がとても欲しい。ずっと欲しかった。だが、お前を大事にしたいんだ——お前が嫌ということは、したくない」

この上なく誠実な言葉に、カロリーヌは胸打たれる。

愛する人にこんな風に求められたら、拒むことなんかできない。

処女としての本能的な恐怖はあるが、すべてを与える相手はフランソワ以外考えられない。

「嫌ではありません。初めてだから、ちょっと怖いけれど……でも、私もあなたが欲しいのです」

気持ちを込めてまっすぐフランソワを見つめた。

「カロリーヌ、カロリーヌ」

フランソワは感に堪えないような声を出し、素早くカロリーヌの背中に手を回して軽々と横抱きにした。

「あ……」

身体が宙に浮いた恐怖に、思わずフランソワの首にしがみついてしまう。自然と頬と頬が触れ合った。

「ベッドに行こう」

フランソワが息を乱してささやいたかと思うと、大股で奥の寝室へ向かう。

広いベッドの中央にカロリーヌはそっと仰向けに寝かされた。フランソワはそのままのしかかって、自分の四肢でカロリーヌの身体を押さえつける。

カーテンを下ろしてある寝室は、暖炉の熾火《おきび》の灯《あか》りだけでほの暗い。

見下ろしてくるフランソワの白皙の美貌が、ぼうっとベッドの天蓋に浮かび上がっているように見えた。

「見せてくれ、お前のすべてを」

フランソワの手がカロリーヌのドレスの胴衣の前釦《ぼたん》を外してくる。

「く――女性の服は脱がせるのが手間だな」

手馴《てな》れていないので、フランソワはもどかしげにつぶやく。カロリーヌはなんだか可愛らしいと思ってしまう。

文武に秀で、教養もダンスも馬術も剣術も、この国一番と評判の王子殿下なのに――閨《ねや》での行為は初めてで、余裕がないのだ。

カロリーヌはさりげなく、自分からドレスを脱ぐのを手伝った。

コルセットが外され、上半身が露《あら》わになり、ふるんとカロリーヌの乳房がこぼれ出た。

「おお――」

真っ白でたわわな乳房を、フランソワは息を詰めて見つめている。

「そ、そんなに見ないでください……」

にわかに恥ずかしくなり、カロリーヌは頬を染める。見られているだけで、乳首がツンと尖ってしまうのがわかる。

フランソワの両手が、そろそろとカロリーヌの乳房を包んだ。

「柔らかい――」

彼は慎重に、やわやわと乳房を揉《も》みしだいた。乳房は彼の大きな掌《てのひら》の中で、自在に形を変える。優しく揉みこまれると、心地よくてじんわり体温が上がっていく。

「痛くはないか?」

「少しも――気持ち、いいです」

「そうか」

フランソワが乳房の谷間に顔を埋めてきた。ひんやりした彼の高い鼻梁の感触に、ぞくんと背中が震える。

彼ははあっと深く息を吸った。

「いい匂いだ。石鹸《せっけん》の香りだろうか? いや違う、お前の身体から発する匂いだな。男を誘う甘い匂いだ。私だけの知るお前の香り――」

うっとりとした低い声にも、身体の芯が刺激される気がした。

フランソワは顔を上にずらし、カロリーヌの耳をそっと食《は》む。

「小さい耳——お前はどこもかしこも小さい。でも、完璧な造形だ」

むにゅむにゅと彼の口の中で、耳朶が舐め回された。ねっとりと耳殻に沿って舌が這うと、甘い刺激に悩ましい声が漏れた。

「あ、ん、耳、舐めちゃ……」

濡れた舌が耳孔を擽ぐるがさがさという音が、異様な興奮を呼び覚ます。

「お前の肌は陶磁器のように滑らかで、甘い味がするな」

フランソワの舌がカロリーヌの細く白い首筋をつつーっと這う。

「あ、あぁ、ん」

擽ったいのに、背中が悩ましくぞくぞくする。

首筋を味わいながら、乳房を揉んでいたフランソワの指が、尖ってきた先端を擦るように撫でてきた。

「ひゃっ、あ、ん」

ツンとした未知の痺れがそこから下腹部の奥に走り、カロリーヌは腰を大きく浮かせた。

「お前の蕾が、硬くなってきたぞ」

カロリーヌの反応に気をよくしたのか、フランソワは指先で触れるか触れないかの力で乳首を撫で回す。

「あん、あ、あ、は、ぁ」

凝ってきた乳首は、信じられないくらい敏感になっていて、いじられるたびに甘い疼きが身体の奥に走り、そこがツーンと痺れてくる。

「感じるのか？　こうすると、どうだ？　もっと感じるか？」

フランソワは、ぷっくり尖った先端をそっと摘《つま》み上げ、くりくりと優しく抉《えぐ》ったりした。

「あっ、あ、あ、や……そこ、そんなに触らないで、んぁ、あ、あぁ」

乳首をいじられるたびに、恥ずかしい鼻声が漏れてしまう。

そして、下腹部の奥のせつなさがどんどん高まって、あらぬ部分がきゅうきゅうと締め付けられる。どうしていいかわからず、もじもじと腰をうごめかせてしまう。

「痛くは、ないか？」

フランソワがカロリーヌの顔色を窺いながら、耳元でささやく。

「は、はい……」

「では、気持ちいいか？」

「え……ぅ」

未知の感覚に戸惑い、狼狽える。不快ではない。いやむしろ、もっとして欲しいような気持ちもある。でも、そんなこと恥ずかしくて言葉にできない。

「わ、わかりません……」

「では、舐めてやろう」

おもむろにフランソワの顔が胸の谷間に下りてくる。

「え、舐め……？」

意味がよくわからないでいるうちに、フランソワは豊かな乳房を両手で掬い上げるようにして持ち上げ、寄せ上げた赤い乳首に交互にちゅっちゅっと口づけしてきた。

「あっ？」

指で触れられるより、もっと鋭い刺激が走り、ぞくんと腰が震える。

フランソワは片方の乳首を指で摘み上げながら、もう片方を口に含んだ。

ぬるついた舌が鋭敏な乳首を舐め回す。

「ひあっ、あ、あぁ、ぁあっ」

じんとした甘い痺れが一気に子宮の奥を襲う。

今度ははっきりと性的快感だと意識した。

「やあっ、あ、あぁ、あ、だめぇ、舐めちゃ……っ」

背中を仰《の》け反《ぞ》らせて喘《あえ》ぐ。

フランソワはやめるどころか、さらにちゅうっと強く乳首を吸い上げたり、舌先で抉るように舐《ねぶ》ったり、ねちっこく刺激してくる。

「あ、あぁ、やぁ、だめ……そんなにしちゃ……いやぁ……ん」

隘路《あいろ》がきゅんきゅん収斂《しゅうれん》して、気持ちよくてたまらない。初めての官能の悦《よろこ》びに翻弄され、カロリーヌはせつない声をあげて、身を捩《よじ》った。

フランソワは、交互に乳首を咥《くわ》え込み、思う存分吸い上げ、舐め回す。

「や、やぁ、もう、もう……いいです、あぁ、もう、舐めないで……」

カロリーヌが息も絶え絶えになって訴えた。

乳房の狭間から顔を上げたフランソワは、熱っぽい眼差しでカロリーヌの表情を見つめる。

「だめだ。初めてなのだ。もっともっといろいろ試して、お前の感じやすいところを、気持ちいいことを知らなくてはな」

さすがに、幼い頃から刻苦勉励で研鑽を積んできた王子だ。女体にも果敢に挑んでくる。と賛美したいが、こちらも初めてのことで、何もわからないのだ。

自分で自分の身体の変化についていけない。

執拗《しつよう》に乳首を攻められているうちに、腰の奥がどうしようもなく疼き、心地よさを越えて耐えがたいものになっていく。

きゅうきゅう反応する隘路が熱く飢えて、そこも触れてほしいと切望してしまう。

下腹部に溜《た》まった快感を遣り過《すご》す術も知らず、ただもどかしく太腿《ふともも》を擦り合わせた。

その仕草に気がついたフランソワが、薄く笑う。

「そこが、疼くか？」

彼がゆっくり上半身を起こした。

乳首の攻めから解放されたと、カロリーヌがほっとした直後、フランソワがスカートを大きく捲《めく》り上げ、絹のストッキングとドロワーズを乱暴に毟り取った。

「きゃあっ」

下腹部まで剥き出しにされ、カロリーヌは悲鳴を上げて身を縮こませようとした。下半身を隠そうと、両膝を立ててきつく閉じ合わせた。

「隠すな」

フランソワの手は、難なくカロリーヌの膝を割り開いてしまう。

「ああっ、いやぁ、見ないでくださいっ」

自分でも見たこともない恥ずかしい場所が、フランソワの目に晒《さら》される。思わず顔を両手で覆ってしまう。

「っ――これが――女陰か」

目を閉じていても、フランソワの荒い息遣いと痛いほど下腹部に注がれる視線をありありと感じ、カロリーヌは羞恥に気が遠くなりそうだ。

「下生えも金髪なのだな――薄くて、ピンクの花びらが透けている」

「うぅ……言わないで……」

自分の性器の形状など聞くのは、恥ずかしくて死にそうだ。

だがフランソワはさらに両手で、カロリーヌの両足を押し広げた。秘裂がすっかり露わになってしまう。

「ああ……っ、だめ、そんなところ……醜いです……っ」

羞恥に目眩《めまい》がしてくる。

「なにを言うか。早朝に咲く睡蓮《すいれん》の花びらのようだ美しい。慎ましい花弁が震えて、私を誘っているようだ」

フランソワが感に堪えないような声を出す。その直後、ひんやりした彼の指先がそろりと割れ目に触れてきた。

「きゃあっ」

怖気《おぞけ》のような感覚が走り、カロリーヌはびくんと腰を浮かせる。

「柔らかい」

フランソワの指の腹が、ゆっくりと花弁を上下に辿る。

「あ……あ」

カロリーヌは息を詰め身を強張らせた。恥ずかしい場所を露わにされ、そこに触れられているというのに、なぜか肉体は淫らな期待に昂ぶってくる。

ぬるっと指が滑る感覚がした。

「濡れてきた――」

フランソワの指が、くちゅりと卑猥な水音を立て、蜜口の浅瀬を撫でた。

「は、あ、んん」

強すぎる快感が走り、カロリーヌは思わず悩ましい声を漏らしてしまう。

フランソワはくちゅくちゅと蜜口を掻き回す。

「ああ、どんどん蜜が溢れてくる。ほんとうに、女性のここはこんな風に濡れるのだな」

彼が感動したような声を出すのも恥ずかしい。自分だって、そこが濡れるなんて知りもしなかったし、なぜ月のものでもないのに、濡れてしまうのかもわからない。

ただ、触れられるたびに得もいわれぬ甘い心地よさが生まれ、とろとろと新たな蜜が溢れ出す。フランソワの指の動きがどんどん滑らかになり、快感が増すに連れて、隘路の奥が勝手にひくついてしまう。

「熱い――狭い入り口がきゅんきゅん締まる。でも、ほんとうに狭いな――壊れてしまいそうだ」

フランソワはつぶやきながら、指にたっぷり溢れる蜜を掬い取り、重なり合った蜜襞《ひだ》を掻き分けるようにしてまさぐってくる。

と、彼の指先が綻んだ花弁の少し上の、小さな突起に触れた。

「ああっ？」

刹那、痺れるような強烈な快感が走り、カロリーヌは甲高い嬌声《きょうせい》を上げて身を強張らせた。

「ここか？　ここだな？　女性が一番感じてしまうという、小さな蕾は」

フランソワは大発見でもしたかのように嬉しげな声を出して、見つけ出した鋭敏な蕾にさらに触れてきた。

蜜でぬるついた指が、優しくそこを撫で回すと、次々と凄《すさ》まじい快感が襲ってきて、腰がびくんびくんと大きく跳ねる。

「ひ、や、やぁっ、そこ、だめ、あ、だめぇ……っ」

こんな淫らな快感があるなんて知らなかった。

怖いくらい気持ちよくなってしまい、やめてはしいのに、もっとしてほしいような矛盾した感覚にカロリーヌは混乱する。

「すごい反応だ。ぷっくり膨れてきた。ここ、悦いのだな？　もっとしてやろう」

フランソワは、カロリーヌの反応を窺いながら、充血した官能の塊のような突起を、優しく擦ったり、軽く押し潰したり、そっと摘み上げたりしてくる。

「あ、あぁ、あ、だめぇ、そんなにしちゃ……あはぁ、は、はぁ、いやぁ、やめて……ください、おねがい、だからぁ……っ」

愛蜜がとめどなく溢れてきて、股間をはしたなく濡らすのがわかる。

あまりに心地よすぎて堪えきれないのに、腰はねだるみたいにうごめいてしまう。そして、隘路の奥が灼《や》けるように熱くなり、ひくひく戦慄《わなな》く。

「やめていいのか？　こんなにびしょびしょに濡らして。入り口が指を締め付けてくるのに」

フランソワが花芽をいじるたびに、ぐちゅぬちゅと卑猥な水音が立ち、それが羞恥に拍車をかける。

恥ずかしいのに、気持ちよくてたまらない。

やめてほしいのにもっと触ってほしい。

逃げたいのに、蠕動《ぜんどう》する隘路をなにかで埋めてほしい。

「や……だって……あぁ、おかしくなってしまう……怖い……怖いの……」

カロリーヌは顔を覆ったまま、いやいやと首を振る。

下腹部が、悦楽で日向《ひなた》に置いたバターみたいにドロドロに蕩《とろ》け、そこにどんどん快感が溜まって、決壊して溢れ出しそうで、その未知の予感に怯えた。

自分がどうなってしまうのかわからず、そこへ行き着くのが怖い。

「怖くない――もっと気持ちよくなって、もっとおかしくなってしまえ」

フランソワが嬉しげな声を出し、空いているもう片方の手で、カロリーヌのひりつく乳首に触れてきた。

「ひゃうっ、だめぇ、そこも触っちゃ……あ、あぁ、あぁ、ぁあ」

官能の源泉を同時に刺激され、カロリーヌはあられもなく嬌声を上げてしまう。こんな喘ぎ声を出すのは恥ずかしいのに、無言でいると、身体を灼けつかせる淫らな熱を逃すすべがなく、理性が吹き飛んでしまいそうだった。

目の前がちかちかして、お尻のあたりから熱い快感の塊のようなものが駆け上がってくる。それが脳芯まで迫ってきて、意識が霞《かす》んでくる。

「あ、あぁ、あ、なにか……あぁ、なにか、来る……あぁ、やぁ、怖い……っ」

カロリーヌは思わず顔を覆っていた手を離し、フランソワの腕を押《お》し止《とど》めようとした。だが、身体から力が抜けきっていて、縋《すが》り付くのが精いっぱいだった。

「ああ、お前の可愛い顔がよく見える。なんて淫らな表情だ。もう達《い》きそうなんだな。カロリーヌ、達ってしまうんだ」

フランソワはさらに指の動きを速めた。

ぐちゅぬちゅという水音がさらに高まるが、もはやほとんど耳には届かない。

脱力していた四肢が突っ張ってきて、爪先がきゅうっと丸まる。

眦《まなじり》から生理的な涙がぽろぽろと零《こぼ》れた。

「やめ……やめて、もう、やめて……だめ、だめなの、あ、だめに……あ、あぁ、あ」

濡れた指先が、感じ入った陰核をきゅっと摘み上げた。

直後、快感の極みに達し、カロリーヌの頭の中は真っ白になる。

「あああああ、あ――、ああ―――っ」

甲高い悲鳴を上げ、カロリーヌは大きく背中を仰け反らせて、全身を硬直させた。息が詰まる。

一瞬のような長い時間のような空白の刻が過ぎ、ふっと意識が戻る。

「はぁっ、は、はぁっ……っ」

呼吸が戻り、強張った全身から、どっと汗が吹き出した。

隘路がひくんひくんと痙攣《けいれん》している。

理性が蘇《よみがえ》ってくると、こんなはしたない姿を見せて、フランソワは失望していないだろうかと、不安になった。

涙目でおそるおそるフランソワを見上げる。

彼はまっすぐこちらを見下ろし、満足そうに笑みを浮かべていた。

「初めて達ったんだね、カロリーヌ。女性はこんな風に感じて、達してしまうのか。慎ましいお前が、快楽にあられもなく乱れる様は、ぞくぞくする。お前をおかしくさせるのが、私だけだと思うと、身体中が熱くなる」

フランソワが興奮したように顔を紅潮させた。

「い、イク？……」

言葉の意味がわからず、浅い呼吸を繰り返し愉悦の余韻に耐えながら首を傾ける。

するとフランソワが、くしゃっと顔を崩し、カロリーヌの上気した頬に唇を押し付けた。

「気持ちが良すぎて、どうしようもなくなることを言うんだ。ああ可愛いな、お前は。無垢なのに感じやすくて、いやらしくて可愛くて食べてしまいたいくらいだ」

フランソワはカロリーヌの顔中に口づけの雨を降らせながら、蜜口の浅瀬に差し込まれていた指が、ぬくりと媚肉をかき分けてさらに奥へ侵入してきた。

「あっ？」

骨ばった長い指の違和感に、カロリーヌは身を竦ませる。

胎内に異物を挿入したことなどない。

「狭いな――これでは、私のモノが挿入《はい》らないのではないか」

ゆっくりと膣《ちつ》内を探りながら、フランソワが心配そうに言う。

「フランソワ様の……」

何気なくつぶやいた後、ハッとそれは男性器のことだと気がつく。

いくら処女で初心なカロリーヌとはいえ、男女が閨を共にしてどういう行為をするかは、うっすらとは知っている。

元掃除係の同室だったエーメが男女の話題に詳しくて、過度にならない程度にカロリーヌにいろいろ話してくれたからだ。

ただ、男性器がどういう形状なのかもよく知らないでいた。

「見せてやろうか」

おもむろにフランソワがもぞもぞと片手で、服を脱ぎ始める。

彼は器用に上着もシャツも脱ぎ取った。

「あ……」

引き締まった男の上半身が露わになる。

細身だと思っていたが、鍛え上げられた筋肉が眩しいくらい美しい。

一級の芸術品のようで、うっとりと見惚れてしまう。

だがその直後に、フランソワがトラウザーズと下履きを剥《は》ぐと、カロリーヌは目を見開いた。

「きゃっ」

彼の下腹部に息づく男性器が目に飛び込んできて、思わず悲鳴上げてしまう。

形のいい腰とすらりと長い脚の美麗さとは対照的に、フランソワの一物は赤黒く禍々《まがまが》しいほど大きく太く、腹に付きそうなほど反り返っていた。

慌てて目を反らしてしまう。

フランソワが薄く笑う。

「初めて、勃起した男根を見たか?」

「ぼ、ぼっき……そ、そんなの、見たことないですっ」

カロリーヌは耳朶まで血を上らせ、ぶるぶると首を振った。

「お前が欲しくて、さっきからずっと昂ぶっている——これが、お前の中に挿入《はい》るのだぞ」

フランソワの片手が伸び、カロリーヌの手を取って自分の股間に導いた。

「触れてみろ」

「っ……」

おそるおそる灼熱《しゃくねつ》の剛直に触れてみる。

硬くてびくびくしている。

「あ、熱い……」

「握ってみろ。そっとな」

「は……ぃ」

やんわり握ってみたが、カロリーヌの手に余る太さだ。

「大きい……」

「これを受け入れてもらう」

「え……いえ、そんなの、無理、無理です……っ、こ、壊れちゃう……っ」

涙目で訴える。指一本だってやっとだったのだ。

こんな棍棒《こんぼう》みたいな大きさのものが、挿入《はい》るわけがない。

「それは私も危惧している——だが、そうしなければ子も成せぬ」

フランソワは膣内に挿入していた指を、ぐにぐにとうごめかせた。

「あ……」

「少しずつ広げよう——お前の中は柔らかい。広がるかもしれない」

彼の長い指がじわじわ奥へ進んでいく。

「う……く」

胎内を探られる違和感に、カロリーヌの全身が強張る。思わず歯を食いしばってしまう。

「つ——力を抜いてくれ。押し出されそうだ」

「あ、ぁ、力……どうしたら……」

フランソワに協力したいのだが、身体のどこをどうしたらいいのか皆目見当も付かない。

「もう一度、気持ちよくすればいいのかな」

フランソワは独り言のようにつぶやき、カロリーヌの硬く引き結んだ唇を舌先で突《つ》ついて、口を開かせた。

かすかに唇を開くと、するりと忍び込んだ舌が、宥《なだ》めるように口腔を舐め回す。

「ん……ふ、ふ」

深い口づけの心地よさはもう知っている。

舌を絡められると、意識が口づけに向いた。

するとフランソワは、人差し指を押し込みつつ、親指で陰核を探り当て、そこを刺激する。

「は、ん、ぁ、あぁ……ん」

敏感な花芽は、たちまち快感を生み出す器官に成り代わる。

心地よさに緊張が解《ほぐ》れて、自然に身体から力が抜ける。

とろりと愛蜜が吹《ふ》き零《こぼ》れ、指の滑りがよくなった。

とうとう指の根元まで呑み込んだ。するとフランソワは、ゆっくりと指を抜き差し始める。

「……んぅ、は、ぁ、あぁ、はぁ」

熱を孕《はら》んだ媚肉を擦られると、秘玉への刺激とは違った、重苦しいような快感が生まれてきた。

フランソワはおもむろに指を二本に増やした。

「あ、あ……ぁ」

違和感は薄れていた。

「二本挿入《はい》った――中が柔らかくなって、動きがよくなった。蜜がいくらでも溢れてくるな」

唇を離したフランソワが、掠《かす》れた声でささやく。

「ダメだ、一度挿入したい――嫌か？」

彼の声は切羽詰まっていた。

指二本と、あの肉茎とでは太さが比べ物にならないが、フランソワのなにかに耐えるようなせつない表情を見ると、嫌とは言えない。

だって、カロリーヌだけが気持ちよくなるなんて、申し訳ない。

彼にだって同じように気持ちよくなってほしい。

「フランソワ様、私、平気ですから」

震える声でそう答え、自分から遠慮がちに両足を開いた。

「カロリーヌ」

フランソワが身を起こし、ぬくりと膣内から指を引き抜いた。

「あ、ん」

その喪失感にすら、甘く感じ入る。

フランソワの腕がカロリーヌの膝裏を通り、さらに大きく足を開かせた。

「ぁ」

はしたない格好に、顔から火が出そうだ。

「カロリーヌ、カロリーヌ」

フランソワは名前を呼びながら、片手で自分の欲望を握り、熱い先端でカロリーヌの蜜口を探った。場所がわかりづらいのか、臍《へそ》の下あたりを何度か突つかれた。

「あ、フランソワ様、も、もう少し、下……」

恥ずかしいが、小声でアドバイスする。

「こ、ここか――」

硬い肉塊が、つぷりと綻んだ花弁に押し当てられた。

ぬるっと切っ先が侵入してくる。

「んっ……」

狭い入り口を、ぎりぎりと傘の開いたカリ首が押し広げる。

圧倒的な質量だ。ほんとうに壊れてしまうかもしれない。

違和感に声を上げそうになるが、必死で我慢する。

フランソワがぐっと腰を押し進めた。

ぎりぎりと引き裂かれるような激痛とともに、ぬくっと先端が入り口をくぐり抜けた。

「ああっ」

耐えきれず悲鳴を上げた。息を詰めた瞬間、意図せず媚肉がきゅうっと締まった。

「く――っ」

フランソワが大きく息を吐き、ぶるりと胴震いした。

「あ」

蜜口のあたりで、男の肉胴がビクビクと痙攣した。同時に、なにか熱いものがじわっと溢れてきて、媚肉の浅瀬を満たした。

その直後、膨れ上がっていた男根が、徐々に勢いを失い、膣内の膨満感が薄れていく。

「あくそっ」

フランソワが舌打ちをした。王子にあるまじき罵《ののし》り言葉に、カロリーヌはなにが起こったのかわからず、身を強張らせたままフランソワを見上げる。

彼は目元を染めて、カロリーヌの視線を避けた。

カロリーヌは無邪気にたずねる。想像していたより、ずっと痛みもない。

「終わり、ましたか？」

フランソワが、かあっと顔を真っ赤にする。

「お、お前の中、気持ちよすぎる！」

カロリーヌはぽかんとした。

気持ちいいのなら、なんで怒るのだろう。

わけがわからない。

「あの……」

狼狽えていると、フランソワががっくりとカロリーヌの上に倒れかかってきた。

彼はカロリーヌの髪に顔を埋め、はあっとため息をついた。

「すまぬ」

「え？」

なにを謝るのだろう。

よくわからないが、両手をフランソワの首に回し、宥めるようにすりすりと髪の毛を撫でた。

「私は幸せです。こうして愛する人と一つになれて」

「愚か者――まだ終わっていない」

フランソワが忌々しげにぼそりとつぶやく。

「え？　これ以上、なにを？」

カロリーヌが無防備に言うと、髪に顔を埋めたフランソワが、くすりと笑った。

「――カロリーヌ。お前はほんとうに可愛いな」

フランソワがむくりと顔を起こし、じっとこちらを凝視する。

と、蜜口の浅瀬に収まっていた男の欲望が、むくむくと元の大きさに膨れ上がっていくのがわかった。

「あっ？」

内壁を押し広げる圧迫感に、目を見張った。

「お前となら、際限なくできる」

フランソワが上半身を起こし、じりじりと腰を押し進めてきた。

灼熱の塊が隘路の中を、さらに侵入してくる。

「えっ、えっ、まだ？」

「さっきは、先端しか挿入《はい》っていない」

フランソワは容赦なく剛直を突き入れてくる。

「あっ、痛っ、あ、やあ……」

引き裂かれるような激痛に、カロリーヌは息を止める。

いったん動きを止めたフランソワが大きく息継ぎした。

「そのように締めるから、なかなか挿入できぬのだ。力を抜けと言ったろう」

「だって、だって……どうすればいいの？」

カロリーヌは身体の内側から襲う灼け付く痛みに、ぽろぽろと涙を零す。

フランソワが目を眇める。

「ああそんな可愛らしい顔をして泣くな。お前の泣き顔は腰にくる。また終わってしまうだろう？」

褒められているのか責められているのか、混乱する。

フランソワがささやく。

「息を吐け、カロリーヌ」

「は、はい――はあっ……」

訳も分からず大きく息を吐ききったのと同時に、蜜腔の半ばまで挿入されていた肉棒が、一気に最奥まで突き入れられた。

「――――っ！」

激痛と衝撃で、カロリーヌは声にならない悲鳴を上げて目を見開いた。

根元まで剛直を押し入れたフランソワが、動きを止めて満足そうにため息を吐いた。

「ああ――全部挿入《はい》ったぞ、カロリーヌ」

「つ……ふ……う、う……」

鋭い痛みに涙がさらに溢れる。胎内にどくんどくんと欲望の脈動を感じ、内壁が灼け付くようだ。胸苦しさに息もできない。

「痛いか？　だが、これでやっとお前と完全に結ばれた——ああ、熱くて、ひくひくしてる……なんという心地よさだろう」

フランソワの陶然とした声を聞くと、カロリーヌは、愛する人に純潔を捧げたのだという実感が湧いてきた。

「苦しいか？　辛いか？」

フランソワの唇が、カロリーヌの頬に流れる涙を吸い上げ、優しく気遣う。

「痛い、です——でも、嬉しい……フランソワ様と一つに結ばれて、この痛みすら、愛おしいです」

カロリーヌが健気に答えると、フランソワがぎゅっと強く抱きしめてきた。

「愛している、カロリーヌ。お前の中は、想像以上に気持ちよい。女性と睦《むつ》み合うことがこんなに素晴らしいことだと、お前だけが私に教えられるのだ」

「フランソワ様……嬉しい」

カロリーヌも彼の広い背中に両手を回し、おずおずと抱き返す。

二人はしばらくそうやって、じっと互いの感触を確かめ合った。

浅い呼吸を繰り返すたび、柔襞がきゅんと硬い肉茎を締め付けてしまい、じんわりと不可思議な熱と甘い痺れが生まれてきた。

やがて、フランソワが耳元でささやく。

「動いて、いいか？　苦しかったら、言ってくれ」

「は、い……」

フランソワがそっと腰を揺らした。

「あ、つ……ぁ、あ、あ」

破瓜《はか》したばかりの処女洞が引き攣《つ》れて、ツンとした痛みが走る。

「痛いか？」

フランソワはカロリーヌの表情を窺いながらも、ゆったりと腰を動かし続ける。

「ん、ぁ、あ、だ、だいじょうぶ、です……」

最初の激痛ほどではなく、ジクジクした痛みだ。それ以上に、次第に中が熱くなってむず痒《がゆ》いような感覚が強くなってくる。

「そうか。私はものすごく気持ちいい。お前の中がぬるぬるしてきゅうきゅう締めて、堪らなく気持ちいいぞ——こんな狭いところに私のものを受け入れているのだ、辛いだろう。でも、いずれこの行為が快感に変わるという。女性の気持ちよさは、男のそれと比べ物にならないほどいいものだと聞くぞ」

「そ、そうなのです、か？」

揺さぶられながら、カロリーヌはこんな胸苦しい行為が、快感になるのだろうかと思う。

「だが、私だけ気持ちよくなるのはいやだ。お前も少しでも、悦くしてやろう」

フランソワは、自分の抽挿に合わせてたぷたぷと揺れているカロリーヌの乳房に顔を埋め、熟れた乳首を咥え込んだ。

「ひゃぁんっ」

ツンと甘い痺れが媚肉の奥に走り、思わず内壁がぎゅっと締まる。

「あ――そんなに締めるなっ」

フランソワが悩ましい声を漏らす。しかし、腰の動きは止めない。

彼はカロリーヌの乳首を舐めたり吸ったりしながら、徐々に律動を速めていく。

「あ、は、はぁ、あ……ん」

感じやすい乳首を刺激されると、新たな愛蜜が隘路の奥からとろとろと溢れてきて、フランソワの肉胴の動きが滑らかになった。それに伴い、膣襞が引き摺り出されるような痛みが次第に薄らいでくる。そして、媚肉を擦られるたびに、じんわりした重苦しい快感が生まれてきた。

「ん、あ、あぁ、あ、あぁ……」

「いい声が出てきた。もっと、悦くしてやろう」

フランソワの片手が結合部に潜り込み、鋭敏な秘玉をまさぐった。濡れた指が円を描くようにそこを撫で回すと、腰がぞくぞく震える。

「はぁっ、あ、だめ、そこ……っ」

乳首と陰核を同時に刺激され、快感が痛みを凌駕《りょうが》してくる。

「ふ――また締まった。お前が感じると、中がきゅうきゅう締まるのだな。これは堪らないな」

フランソワは息を乱し、さらに腰の動きを強める。

「や……あ、あぁっ、あ、あぁん、あぁ……ん」

感じやすい部分を全部刺激され、膣内が柔らかく解れて、快感だけを拾い上げる。艶めいた声が漏れてし

まい、止められなくなる。

「いい反応だ、いいぞ、悦い、カロリーヌ、とても悦い」

やにわにフランソワがずん、と力任せに最奥を突き上げた。

「ひ、ひあっ？」

硬い先端が子宮の入り口あたりのどこかを抉ると、目の前に官能の火花が散った。

それは今まで経験したことのない、身体の芯から生まれる深い悦楽で、カロリーヌは魂が抜け出てしまうかと思った。

「奥——吸い付くな。すごい、ここが悦いのか？」

カロリーヌの顕著な反応に気をよくしたのか、フランソワは最奥めがけてずんずんと腰を繰り出す。

「やあっ、だめぇ、フランソワ様、そこ、やぁ、だめぇ……っ」

フランソワが突き上げるたびに、頭の中の火花が真っ白に弾け、我を忘れてしまう。恥ずかしいほど大きな嬌声が漏れてしまう。

気持ちいいのに、怖い。

今まで知らなかった官能の扉が、フランソワの肉体で、次々に開かれていく。

そして、未知の快感には限界がないよう。

「も、もう、やめ……ぁ、だめ、やめてぇ……」

耐えきれずカロリーヌは身悶《みもだ》えて、腰を引こうとした。

「だめだ、もう止まらぬ。カロリーヌ、今度こそ、お前の中で終わらせろ」

フランソワの声にはもはや余裕がない。

彼は上半身を起こし、カロリーヌの細腰をがっちりと抱えると、ずちゅずちゅと恥ずかしい水音を立てて激しく揺さぶってきた。

「あっ、あ、あ、すご……あ、だめ、あ、やぁあっ」

どうしようもなく感じてしまい、内壁の生み出す重苦しい愉悦がどんどん下腹部の奥に溜まっていく。

カロリーヌはなす術《すべ》なく、甘く泣き叫んだ。

「も……おかしく……あぁ、変になって……あぁ、フランソワ様っ……」

「すごく悦いぞ、カロリーヌ、とても悦い、ああ、こんな天国があるか、カロリーヌ、素晴らしいぞ、素晴らしい――っ」

フランソワはがつがつと最奥を穿《うが》ち、感に堪えないといった呻《うめ》き声を漏らす。

彼の白皙の額から、珠《たま》のような汗が滴り、カロリーヌの肌を濡らした。

寝室の中に、二人の荒い呼吸と粘膜の打ち当たる淫らな音、カロリーヌの甘い嬌声が響き渡り、空気は甘酸っぱく濃密な性交の匂いで満ちた。

ほどなく、子宮の奥から熱い快感の塊が迫り上がってきて、カロリーヌは感じたことのない浮遊感に意識が薄れそうになる。

「ああぁ、あ、あ、フランソワ様、私、私……どこかに、飛んでしまいそう……っ」

この感覚をどう表現したらいいかわからない。

「達きそうなんだね、カロリーヌ、ものすごく締めてくる――私も――もう、終わりそうだ」

フランソワはカロリーヌの腰を抱え直すと、がつがつとがむしゃらに抽挿を始める。

カロリーヌは穿たれるたびに意識が飛び、甲高い嬌声を上げ続けた。

「は、はぁ、あ、すごい……ああ、あ、も、もう、もう……もうっ」

熱い喜悦の波が押し寄せ、カロリーヌはびくびくと全身を戦慄かせた。

陰核の刺激で達した時と同じように、全身が強張り、膣襞が細かく痙攣する。

「く――終わる、終わるぞ、カロリーヌ、終わる――っ」

フランソワが獣のように低く唸《うな》り、びくんと大きく腰を震わせた。

「あっ、あ、あ、あああっ……」

最奥で、フランソワの灼熱の欲望が小刻みに脈動した。

直後、どくどくと大量の熱い飛沫《しぶき》が子宮口に吐き出される。

「ふぅ――」

フランソワが動きを止め、大きく息を吐いた。

そして、ゆっくりとカロリーヌの上に倒れ込んでくる。

「はぁっ、は、はぁ……」

二人は深く繋がったまま、汗と体液でどろどろの身体を抱き締め合った。

「はあ――っ」

互いに最後までことを成し遂げた達成感に、カロリーヌは胸が熱くなる。

カロリーヌの首筋に顔を埋めて、呼吸を整えていたフランソワが、掠れた声でささやく。

「最高に気持ち悦かった――カロリーヌ――ありがとう」

この上なく優しい声で言われ、カロリーヌは感激で涙が溢れた。

「私こそ、ありがとうございます。愛する人とひとつになることが、こんなにも熱く激しく……我を忘れてしまうなんて……」

初めて知る官能の悦びをあからさまに口にはできず、汗ばんだフランソワの胸元に顔を擦り付けて、甘える仕草で伝えようとした。

「次は、もっと悦くしてやろう。女性の身体は神秘の塊だ。お前の気持ちよい箇所を、私はひとつひとつ探っていこう。開拓のしがいがあるな」

フランソワは、カロリーヌの乱れた髪を愛おしげに梳《す》く。その優しい感触と心地よさに、カロリーヌはうっとりと目を眇めた。

「――可愛いな、可愛くて堪らないな。私だけのものだ。もう誰にも渡さない」

フランソワは何度もつぶやく。

カロリーヌは力強く響くフランソワの鼓動を聞きながら、うとうとした。

すると、フランソワがそっと肩を揺すってきた。

「おい、まだ寝るな」

「ん……?」

瞼を開こうとして、自分の胎内に収まったままだったフランソワの萎えた陰茎が、むくむくと勢いを取り戻しつつあることに気が付く。

「え、あっ、嘘っ」

驚いて素っ頓狂な声を出す。

「ふふ――また欲しくなった」

フランソワが薄く笑う。

あんな激しい行為を、こんなに何回もできるものなのか？　こちらは破瓜したばかりで、もうくたくたなのに。

「ま、待って、待ってください……その、少し休ませて……もう、無理……」

「お前が魅力的なのがいけないんだ。お前は休んでいてもいいぞ」

フランソワが情け容赦なく、ずん、と腰を突き上げた。

「やあっ、あ」

最奥のまだ熱を持った箇所を穿たれ、カロリーヌは甘い悲鳴を上げてしまう。

「いい反応だ」

フランソワは嬉しげな声を出し、ゆっくりと腰の抽挿を開始する。

隘路の中で、男の白濁液と自分の愛液が泡立って、結合部からこぽりと溢れた。その淫らな感触に、背中がぞくぞく震えた。

濡れ果てた膣腔の中を猛々しい欲望が行き来すると、じわっと愉悦が込み上げてくる。

「だ、めぇ……あ、ぁ、あぁ……」

弱々しく抵抗の言葉を漏らしつつ、腰は求めるみたいにうごめいてしまう。

「きゅうきゅう締まるな。だめではないようだ」

フランソワが嬉しげにつぶやき、さらに強く下腹部を押し付けて律動を速める。

「あふぁ、あ、は、はぁあん」

カロリーヌは快感に甘く噎《むせ》び泣いて、いつしか、フランソワの激しい情欲の嵐に巻き込まれていくのだった――。

第四章　王妃への自覚

翌日から、王城でのカロリーヌの新たな生活が始まった。

フランソワの命令で、いく部屋もある彼の私室の中で、一番日当たりがよく広い部屋は、一日でカロリーヌの私室に模様替えされた。

カロリーヌは、どこか他の空いた部屋でいいと言ったのだが、フランソワはカロリーヌを自分の身近に置いて庇護《ひご》するのだと頑として譲らなかった。

そして、部屋から出るときには、必ずフランソワかマリウス同伴でなければならないと厳命された。

「お前はまだ、奥城内の様子を知らぬからな。ふらふら出歩かれて、迷子にでもなられたら困る」

そこまで過保護にならなくてもと思うのだが、フランソワに独り占めにされるのは悪い気持ちではない。

義母はカロリーヌに正式な淑女の教育をなにもほどこしてくれなかったので、なにもかも一から学びなおさねばならない。

礼儀作法、言葉遣い、教養、趣味――身に付けなければならないことは数えきれないほどあった。

フランソワはカロリーヌのために、忙しい公務の合間に時間を割いては、家庭教師の役割を果たしてくれた。彼の教え方はわかりやすく明快で、カロリーヌは乾いた大地が雨水を吸い込むように、知識を吸収していった。フランソワが側にいない時には、自分で予習復習を念入りに行った。

フランソワの真剣な気持ちに応えるべく、カロリーヌは王子の婚約者としてふさわしくなるよう努力しようと心に誓っていた。

そして、夜は必ずフランソワとベッドを共にした。

女性に目覚めたフランソワは、精力的にカロリーヌの肉体を求めてくる。

互いの身体を確かめ合い、気持ちよいところを探り合い、快感を分け合う。

すべてを与え合い出し尽くし、心地よい疲労感で包まれ、フランソワと抱き合って眠りにつく。

カロリーヌの毎日は、今までの辛い人生からは想像もつかないくらい満ち足りたものだった。

――だが。

フランソワの衝撃的な婚約発表から、ひと月経ったある日だった。

その日、フランソワは王家専用の新しい貨物船が完成したということで、進水式に参加するために朝から城を留守《るす》にしていた。

自分の部屋で一日中家庭教師に付いて勉強をしていたカロリーヌは、午後のお茶の時間でひと息付いていた。

そこへ、ひとりの侍女がバスケットを掲げて入ってきた。

「カロリーヌ様、御婚約のお祝いだと、王妃様からワインがお部屋に届きました」

「まあ、ローザ王妃様から？」

カロリーヌはバスケットを受け取る。

見るからに上物そうな赤ワインの瓶《びん》が入っていた。赤ワインはフランソワが一番好む酒だ。

フランソワはローザ王妃をひどく警戒しているようだが、彼女は婚約発表の時にはカロリーヌを庇ってくれる発言をしてくれた。こうやってお祝いの品を届けてくれるのだから、それほど悪い人ではないと思えた。

「進水式出席でお疲れて帰ってこられるでしょうから、このワインを晩餐の時にお出ししましょう」

カロリーヌは侍女にそう言ってワインの瓶を渡した。

夕刻、フランソワが部屋に戻ってきた。

彼は意気揚々とした表情だ。

「カロリーヌ、いるか？」

「お帰りなさいませ。お疲れ様です」

カロリーヌは迎えて、フランソワの上着を脱ぐ手伝いをする。

「いや、とてつもなく大きな貨物船だった。計画通りの出来だ。苦しい財政の中を、無理を通して造船させたかいがあった。あれなら、一度の航海で大量の物資を運ぶことができる。お前にも見せたかったたな」

白皙の顔を紅潮させて話すフランソワを、カロリーヌは嬉し気に見ていた。

国政のことを語る時のフランソワは大抵は憂い顔なので、こうして目を輝かせている姿が新鮮で、心がときめく。

「さあ、お話の続きはお食事をしながら聞かせてください」

カロリーヌはフランソワの手を取って、食堂に誘った。

向かい合って食卓に着いても、まだフランソワは興奮気味だ。

「あの船は、我が国の未来を背負っている船なのだよ」

「それでは、その船の未来に祝福しましょう」

カロリーヌは給仕に合図して、二人のグラスに赤ワインを注がせた。

フランソワはグラスを手に取り、香りを嗅ぐ。

「おお、これは良いワインだ」

彼がますます上機嫌になったので、カロリーヌも我が事のように嬉しい。

二人はグラスを軽く打ち合わせる。

「船の未来に乾杯」

「船と、私たちの未来に乾杯だ」

フランソワが一気にグラスをあおった。

次の瞬間――。

「飲むなっ、カロリーヌ！」

フランソワが蒼白《そうはく》な顔になり、素早く腕を伸ばしてカロリーヌが今まさに口を付けようとしたグラスを払った。

ガシャーン！

床に叩きつけられたグラスが赤い液体と共に、粉々に砕け散った。

給仕たちが何事かと飛び込んでくる。

カロリーヌは呆然として身動きできない。

フランソワが口を押さえて立ち上がった。だが、足元をもつれさせ、テーブルに手を突いてしまう。

「フランソワ様⁉」

カロリーヌはやっと身体が動き、フランソワに駆け寄って彼を支えた。

フランソワは脂汗を浮かべながらも、しゃきっと立ち直る。

そして、給仕たちに笑顔で命令する。

「なんでもない、カロリーヌが手を滑らせたのだ。グラスと床を片付けよ。そのまま下がっていい」

それから彼は、カロリーヌに耳打ちした。

「すまぬ、カロリーヌ。食堂の外の扉にマリウスが待機している。すぐに呼んでくれ」

「は、はい」

何が何だかわからぬまま、カロリーヌは慌てて戸口へ走った。

扉を開き、診察カバンを抱えて壁際の椅子に座っていたマリウスに声をかけた。

「マ、マリウス、フランソワ様がお呼びで――」

カロリーヌのただならぬ様子に、マリウスは顔を強張らせぱっと立ち上がる。

「参ります！」

二人して食堂に飛び込むと、誰もいない食堂の壁際で、フランソワがうずくまっていた。彼は嘔吐《おうと》していたのだ。

「殿下！　毒ですか⁉」

マリウスが色を変えて駆け寄る。

「ど、く……⁉」

カロリーヌは愕然《がくぜん》として立ち尽くす。

フランソワが真っ青な顔を上げた。

「ワインに仕込まれていた。大丈夫だ、すぐに全部吐いた——とりあえず、人払いした」

マリウスが診察カバンを掻き回し、透明な液体の入ったガラス瓶を掴み出す。

「これを一気に飲んで、また吐いてください」

マリウスはフランソワがそれを飲むのを介助しながら、カロリーヌに声をかけた。

「カロリーヌ様、すみませんが、水差しとコップをここへ運んでください」

「はいっ」

カロリーヌは弾かれたようにテーブルの上にあった水差しとグラスを引っ掴むと、フランソワの元へ駆け寄った。

受け取ったマリウスが、グラスに水を注ぎ、フランソワに飲ませる。

「あるだけ飲んで、全部吐いてください。胃の中を空っぽにしなければ」

フランソワは水を飲み干しては、指を喉の奥へ突っ込んで、吐き出した。水差しが空っぽになるまで、それを繰り返す。

カロリーヌは恐怖に震えながら、苦し気にえずくフランソワを見つめていた。呆然としていたが、大変な事態になったということは理解できた。

棒立ちになっている場合ではないと、必死に自分に喝を入れる。テーブルの上のナプキンを掻き集めると、フランソワの側に跪き、口を拭ってやりながら背中を必死で摩《す》る。

「ああ、フランソワ様、しっかりなさって、こんなことって……」

悲痛な声を出すカロリーヌに、フランソワが青ざめた顔で無理やり笑いかける。

「心配するな。こんな事態に備えて、子どものころから毒に身体を慣らしてある。それより、お前の方こそ、あのワインを口にしなかったろうな？　用心のため、お前もマリウスから毒消しをもらえ」

「わ、私は大丈夫です、フランソワ様がすんでで助けてくださったから……」

我が身よりカロリーヌを気遣ってくれるフランソワの包容力に、カロリーヌは我慢していた涙が溢れそうになる。

「わ、私の……私のせいです……いただいたワインをフランソワ様に振る舞いたくて……」

フランソワがキッと顔を上げる。

「いただいた？　誰からだ？」

「王妃様です。婚約のお祝いにと……どうしてこんなことに……ごめんなさい、ごめんなさい、考えなしで……あぁあ」

カロリーヌは身を捩って慟哭《どうこく》した。

一歩間違えれば、フランソワは命を落としていたかもしれない。

恐怖に狼狽しきって、頭の中がまっ白になってしまう。

「カロリーヌ、カロリーヌ、落ち着け」

フランソワはふらつきながらも立ち上がり、カロリーヌの肩を掴んで揺さぶった。

「お前のせいではない。純粋なお前に、王家の暗黒面を教えたくなくて、ローザ王妃の恐ろしさをお前にきちんと告げなかった。お前のせいではない」

カロリーヌは涙でぐしゃぐしゃの顔を上げる。

「でも、でも……」

フランソワは苦痛に耐えるように、端整な顔を歪ませながらつぶやく。

「ローザ王妃め、私ではなくお前に手を伸ばしてくるとは。お前にローザ王妃の冷酷さを伝えるべきだった。そうすれば、こんな事態にお前を巻き込まずにすんだものを」

無垢なカロリーヌにはまだ信じられない。

ローザ王妃が義理とはいえ息子を毒殺しようとするなんて。

「な、なにかの手違いかもしれません。王妃様に直接お伺いしたら……」

「聞いたところで、相手は知らぬ存ぜずを貫き通すだろう」

「で、でも、ワインを運んできた侍女に話を聞けば、きっと王妃様から承ったものと証言してくれるのでは？」

フランソワは厳しい表情で答えた。

「おそらく——その侍女はスパイだ。もうこの世にはおるまいよ」

「えっ？」

「死人に口なしだからな——あのお方は使用人の命などゴミのように扱う」

「そ、そんな……人の命を……」

王妃の残虐な行為に、カロリーヌは肝が縮み上がった。

フランソワはカロリーヌの震える手をそっと握る。

氷のように冷たくなったフランソワの手に、カロリーヌは胸が切り裂かれるような苦しさを覚える。一番辛いのはフランソワなのだと思い至ると、少しだけ動揺が収まった。

そっと両手で彼の手を包み、温めた。

「カロリーヌ、お前にはこのような血生臭い王家の実態を、教えたくはなかった――」

フランソワがこちらに顔を振り向け、せつない表情で話し始めた。

「今までは、私に女気がまったくなく、このままでは次期国王としての務めを果たせないだろうと、ローザ王妃はほくそ笑んでいたのだ。後継ぎを残せない王子では、国王の座に就く資格はない。義理弟のアルベルトを王にしたい彼女には、都合がよかった。だが、ついに私は運命の乙女に出会ってしまったのだ」

一瞬、フランソワは笑みを浮かべた。だが、すぐに真剣な顔に戻る。

「ローザ王妃は必ずお前の命を狙うだろう。だから私は、正式に結婚し、私が国王になりお前が王妃となるまでは、お前をこの部屋の外には出さないようにしていたのだ。しかし、相手も抜かりはない。私は半日お前の側を離れた隙を、すかさず狙ってきた。このワインも、私というよりは、毒に耐性のないお前を狙ったものだろう」

「わ、私を？」

カロリーヌは背筋に冷たいものが走った。

「お前を失えば、私はまた『女嫌いの殿下』に逆戻りだからな」

フランソワが苦々しく笑う。

マリウスが遠慮がちに声をかけてきた。

「殿下、ひとまず、今夜はもうお休みください。今夜の件は、幸い外部に漏れてはいません。王家内部の暗殺未遂事件などが国外に知れれば、内政が不安定だと知った他国が、ここぞとばかりにつけ込んでくるでしょう。今は、時を待ちましょう。ローザ王妃に対抗できるくらいの力を蓄え、国内外に殿下の味方を増やすのです」

フランソワはうなずく。

「わかっている、マリウス。すまぬ、カロリーヌ、手を貸して寝室に連れて行ってくれ」

「はい」

カロリーヌはまだふらついているフランソワを支え、立ち上がらせた。

マリウスがカロリーヌに薬包を二つ手渡した。

「カロリーヌ様、この薬を寝る前と起き抜けに、殿下に飲ませて差し上げてください。一晩休んでも、体調が回復しない場合は、私に連絡をください。その時には、殿下は風邪を引いたとでも、適当に臣下たちに連絡しますので」

薬包を受け取りながら、カロリーヌは答える。

「わかりました。できれば、二、三日はお休みした方が……」

「ふん、一日でも休んでいる場合ではない。一晩で回復してみせる」

フランソワが強い口調で言った。

寝室に辿り着き、カロリーヌはベッドの端にフランソワを座らせると、手早く彼の衣服を脱がせ、寝間着に着替えさせた。

「今、お薬を飲む水を持ってきます」

カロリーヌがグラスに水を注いでベッドに戻ると、フランソワが目を眇めてこちらを見ていた。

「お前が気丈な女でよかった。深窓の令嬢では、あんな場面に出くわしたら失神して、足手纏《あしでまと》いになるのがオチだ。まこと、お前は王者の妻にふさわしい乙女だ」

カロリーヌは薬包の包みを開き、フランソワに手渡しながら顔を赤らめた。

「侍女上がりだったことが、お役に立てたのでしょう」

「そんな自虐的な言い方をするな。お前の本来のしっかりした性格のせいだ。容姿の美しさもさることながら、私はそこに惹かれたのだからな」

こんな時でも、カロリーヌの気持ちを思い遣るフランソワに、カロリーヌは胸が熱くなる。

フランソワは薬を口に含み、水で流し込む。カロリーヌは手にしたナプキンで、彼の口元を丁重に拭った。

そして、背中を支えて横にさせる。

「さあ、ぐっすりお休みください」

毛布を掛けてやろうとすると、フランソワがそっと手首を掴んで引き寄せた。

「あ……」

とすん、とフランソワの胸に倒れ込んでしまった。

フランソワはそのままぎゅっと抱きしめてくる。

「しばらく、こうしていてくれ」

「でも、フランソワ様……」

「どんな薬より、お前と触れ合っているほうが心安らぐ」

そんなことを言われては拒めない。

息を潜めてじっと抱かれていた。

肌に感じられるフランソワの鼓動が少し速い。

「不思議だな──孤独でいた時は、死など少しも怖くはなかったのに」

フランソワがぽつりとつぶやく。

「ローザ王妃派からの暗殺未遂は、これまで幾度となくあった。だが、私はその度、さらに力をつけてやろうと奮起してきたのだ。だが──今は、怖い」

カロリーヌはそっと顔を上げ、すぐそこのフランソワの顔をうかがう。彼の表情は悲哀に満ちていた。

「お前を失うことが、怖い」

フランソワの深く青い瞳が潤んでいる。そこに映る自分の顔が今にも泣きそうだ。

「フランソワ様……」

カロリーヌはぎゅうっと胸が締め付けられる。

「孤独」という言葉が心を抉る。

「私も、父を失ってからは、ずっと孤独でした。理不尽な人生に諦めを持っていました。でも、今は違います」

彼の目を真摯に見つめて言う。

「フランソワ様を愛し、愛されて、私は強くなれました。あなたを失うことは、私も恐ろしい。でも、だからこそ、より強くありたいのです」

フランソワが心打たれたような表情になった。

「ああそうだ。その通りだ——より強くなって、お前を守りきればいいのだな」

二人は万感を込めて見つめ合う。

「愛している、カロリーヌ」

「私も、愛しています、フランソワ」

カロリーヌは首を伸ばして、フランソワの唇にそっと口づけした。

「さあもうお休みください。明日にはお元気な殿下に戻られるのでしょう？　そのためにも、ぐっすりと眠ってください」

「わかった——眠るまで、側にいてくれ」

さすがに疲弊したのか、フランソワは素直に目を閉じた。

カロリーヌは身を起こし、片手でフランソワの柔らかな黒髪をあやすように指で梳く。

「ずっとお側におります。どこにも行きません。だから、ゆっくり寝てください」

「——」

フランソワはすうっと眠りに落ちた。

彼の寝顔は無防備で、少し少年っぽさが残っている。

フランソワの少年時代の孤独に想いを馳《は》せ、カロリーヌは胸が締め付けられる。

カロリーヌは寝顔を見守りながら、彼への愛情がますます膨らんでくるのを感じていた。

翌朝には、フランソワの顔色は良くなり、外見からでは前夜に毒を盛られたとは誰にも思えないほどに回復した。だが、歩く時に多少ふらつきが残っていた。

午前中は、親善に訪れた近隣のナタージャナ王国の王女ガブリエッラが挨拶に登城する予定になっていた。その歓迎式典が執《と》り行われる。

マリウスはフランソワの体調を慮《おもんぱか》って、欠席することを勧めた。

だがフランソワは譲らない。

「ローザ王妃も臨席するのだ。私の異常がない姿を見せねばならん——カロリーヌ」

寄り添っていたカロリーヌにフランソワが顔を振り向ける。

「はい」

「お前が私の介添えをしろ。正式な婚約者なのだから、お前が付き添っても何の問題もない。その方が私も心強い」

カロリーヌは迷わずうなずく。

「わかりました。礼装に着替えます」

マリウスが見直したような表情でカロリーヌを見た。

彼は少し肩を竦め、冗談めかした。

「なるほど、殿下は最強のお味方を得たようですな。では、私は控えに待機しておりますので、体調がすぐれなくなったら、すぐに呼んでください」

フランソワが晴れ晴れとした笑みを浮かべる。

「その通りだ、マリウス。カロリーヌは百万の騎馬隊より、私を支えてくれる」

フランソワとカロリーヌが、並んで歓迎式典の行われる城の中央広場へ姿を現すと、先に玉座に着いていたローザ王妃が目を剥いた。

彼女はフランソワの顔色を窺うような口調でたずねる。

「フランソワ殿下、体調はおよろしいのですか？」

フランソワは爽やかに白い歯を見せた。

「ご心配なく。いつにも増して気分爽快だ」

彼は足取り軽くローザ王妃の横に並んだ玉座に向かい、まずカロリーヌを座らせ、自分はローザ王妃の真横の席に着く。ローザ王妃があからさまに眉を顰める。

「ヴィエ嬢もご一緒か？」

フランソワは平然と答える。

「未来の王妃ですからね。なにか問題でも？」

「まったくございませんわ」

ローザ王妃は口角だけわずかに上げ、そのまま無言になった。

カロリーヌは、二人の間の火花が飛ぶような心理戦に内心肝が冷える。

自分はこうした駆け引きなど到底できそうにない。

だがフランソワに付いていこうと心を決めたのだ。臆してはいけない、と自分に言い聞かせた。

程なく、王家専属の演奏団が勇壮な国歌を奏で始め、玉座に向かって敷き詰めた赤い絨毯を、ナタージャナ国の第一王女ガブリエッラがしずしずと歩いてきた。

ナタージャナ国は広い国土を有し、財政は豊かだと聞いている。

ガブリエッラ王女が身に纏っている最新流行のデザインのドレスは、大陸でもめったに手に入らないという紗《しゃ》をふんだんに使ってあり、大きく広がったスカートには細かい刺繍にびっしりと宝石が縫い付けてある。そのせいで重いのだろう。左右から侍女がスカートの裾を持ち上げて付き添っていた。

ガブリエッラ王女はすらりと背が高く、派手な顔立ちの美女だ。燃えるような赤い髪を複雑な髪型に結い上げ、大粒のダイヤを嵌め込んだティアラをかぶっている。

式典のために念入りにお化粧してきたのか、遠くからでも白粉《おしろい》と香水の匂いがぷんぷんしている。

フランソワがかすかに顔をしかめた気配がした。

カロリーヌはフランソワの女性に過敏に反応する体質を思い出し、まだ復調していない彼の身体が心配になる。

ガブリエッラ王女は玉座の前まで来ると、優雅にお辞儀をした。

「このたびは、両国の親善大使としてのお役目をいただき、参上いたしました」

ローザ王妃が鷹揚《おうよう》に声をかける。

「遠路よく参られた。どうぞ顔を上げてたもれ」

「では、遠慮なく」

ガブリエッラ王女はすうっと身を起こし、まっすぐにフランソワを見た。

「お久しゅうございます、フランソワ殿下。五年ぶりでしょうか。ますますご立派になられて。お会いしたかったですわ」

彼女は艶やかに微笑《ほほえ》む。

「こちらこそ、ご無沙汰した。王女殿下こそ、輝くばかりにお美しくなられた」

フランソワは慇懃《いんぎん》に答えた。

ガブリエッラ王女は笑みを浮かべたまま、ちらりとカロリーヌを見る。

フランソワが素早く言う。

「王女殿下、こちらはカロリーヌ・ド・ヴィエ嬢。私の婚約者だ」

フランソワが目配せしたので、カロリーヌは挨拶した。

「お初にお目にかかります、王女殿下、私が――」

「ねえ、フランソワ殿下。ここに来る途中の中庭に、とても美しい薔薇園をお見かけしましたわ。案内してくださりませんこと？」

ガブリエッラ王女はカロリーヌの言葉を遮り、フランソワに話しかけた。

「おお、それはよいな。殿下、王女殿下に庭をご案内して差し上げるがいい」

すかさずローザ王妃が口を挟んだ。

フランソワの顔がわずかに強張る。

だが彼は、すぐに穏やかな顔に戻る。

「わかりました。ご案内しましょう」

フランソワが立ち上がる。

彼はカロリーヌに優しく声をかけた。

「カロリーヌ、あなたは先に部屋へ戻って待っていてくれ」

内心穏やかではなかったが、カロリーヌは素直に頭を下げた。

「かしこまりました、殿下」

フランソワは礼儀正しくガブリエッラ王女に手を差し出した。

「では、参りましょうか」

「ああ、嬉しいわ、フランソワ様」

ガブリエッラ王女はこれ見よがしにフランソワに寄り添った。

そのまま二人は、親しげに歩み去っていく。

後ろ姿を見送りながら、カロリーヌはフランソワの体調が悪くならないだろうかと、ハラハラしていた。

「あの二人の方が、容姿も身分もお似合いのようじゃ、婚約者殿」

ローザ王妃が意地悪い顔でカロリーヌを見た。

「だが、殿下が体調を崩さぬとよいのう、ほほほ」

カロリーヌはひやりとした。

もしかしたら、ローザ王妃はフランソワの病の本質に気づいているのかもしれない。

女性と接触すると具合が悪くなる彼の体質を知っているからこそ、ガブリエッラ王女と二人きりになるよう勧めたのかもしれない。

毒入りワインの事件のせいで、カロリーヌもローザ王妃は一筋縄ではいかない人物だとわかってきたからだ。
ただでさえ毒の名残《なごり》で体調がよくないフランソワが心配でならない。
だが、のこのこ二人の後から付いていくわけにはいかない。
カロリーヌは引きつった笑みを顔に貼り付けつつ、礼儀は失わないよう努めた。
「では、私はお先に失礼いたそうか」
ローザ王妃は介添えたちに支えられながら、席を立った。
カロリーヌの脇を通り過ぎる時に、彼女は低い声で言い放った。
「いい気になりなさるな、小娘が」
カロリーヌは胸の中が鉛を呑み込んだように重くなった。
屈辱と恐怖で手が震えてくる。
ローザ王妃は圧倒的な迫力だ。今すぐにここから逃げ出したい気持ちになる。
だが、カロリーヌは深く息を吐く。
そして、にこやかな声で答えた。
「足元にお気をつけてくださいい、王妃陛下」
強くなるのだ、と自分に言い聞かせる。
表面上は歓迎式典はつつがなく終了し、カロリーヌは急ぎフランソワの部屋へ戻った。
胸騒ぎがするので、礼装から動きやすい部屋着に着替えて待機していた。
数時間後、扉の外からマリウスの性急な声がかかる。

「カロリーヌ様、そこにおいでですよね、扉を開けてください」

カロリーヌはぱっと扉に飛びついて開く。

「っ……」

マリウスに抱えられるようにして、フランソワが入ってきた。

毒を飲んだ直後の時のように、顔色が真っ青だ。呼吸も苦しそうだ。

「フランソワ様っ」

カロリーヌはマリウスと反対側からフランソワを支え、ソファに誘った。

マリウスがフランソワの上着を緩める。

「カロリーヌ様、絞った清潔な拭き布をください」

「はい」

フランソワの体調が気がかりだったカロリーヌは、あらかじめ、飲み水や拭き布などを用意していた。

言われた通りの拭き布を持って来ると、マリウスはシャツ一枚になったフランソワに、水薬を飲ませているところだった。

「汗を拭いて差し上げてください」

マリウスに言われ、カロリーヌは汗ばんだフランソワの額や胸元を拭った。

薬を飲んで少し落ち着いたのか、フランソワが弱々しく微笑する。

「すまぬな、カロリーヌ。ガブリエッラ王女は、毒並みに強烈だった。香水と白粉の匂いだけで息が詰まりそうな上に、必要以上に密着されて、全身に鳥肌が立ったぞ。庭を何周もして、彼女のどうでもいい話に付き合っているうちに、耐え難いほどに吐き気が酷くなって、まさに拷問だった」

「そんなに……」

フランソワの『吐き気の病』の実態を見たのは、初めてだった。

こんな凄まじい拒絶反応だとは思わなかった。

「まだ復調なさっていなかったので、今回は余計に症状が酷くなったのでしょう」

治療を終えたマリウスが立ち上がる。彼は憂い顔で言う。

「ガブリエッラ王女は我が国に三日間滞在予定ですが、その間のフランソワ様のご接待は、遠慮させてもらいましょうか？」

フランソワはきっぱり首を振った。

「いやだめだ。ナタージャナ国とわが国の友好関係を崩したくない。ガブリエッラ王女は国王が溺愛している方だ、彼女の気分を害することはできぬ。私が相手をしていれば、ガブリエッラ王女は機嫌がいいからな」

マリウスがため息をつく。

「地獄の三日間ですな」

「だが、最高の毒消しがいるので、なんとかなるだろう」

フランソワが笑みを浮かべてカロリーヌに手を差し伸べる。

カロリーヌは心を込めてその手を握った。

マリウスが表情を緩める。

「ほんとうに、殿下がカロリーヌ様と出会われたことは、運命以外のなにものでもございませんでしょう。

では、私は一旦失礼します。夜にはガブリエッラ王女との晩餐会も予定されておりますので、どうぞできるだけ体力を温存しておいてください」

マリウスが退出すると、すかさずフランソワがぐっとカロリーヌを引き寄せた。

「カロリーヌ、私をしっかり抱いてくれ」

「はい」

カロリーヌはフランソワにぴったりと寄り添い、背中に手を回して抱き締めた。彼の体温が少し高い気がした。心臓の鼓動も速い。

「お熱があるようです、苦しいですか？」

「いや、もう平気だ。この熱は、お前に触れているからだ。心臓がドキドキするのも、お前のせいだ。心地よい高揚感、だ」

「高揚感……」

「お前の髪の香り、肌の滑らかさ、柔らかさ、甘い息遣い——なにもかもが好ましい。なぜお前だけは、こうも私を惹きつけてやまないのだろうな」

フランソワの手がカロリーヌの髪を優しく撫でる。

こんなにも愛おしがられて、涙が出るほど嬉しい。

「私がもっとフランソワ様の力になれたら……」

「いや、お前とこうしているだけで、私には新たな力が漲《みなぎ》る」

そう言いながら、フランソワがぐっと下腹部を押し付けてきた。

「あっ？」

衣服越しも、彼の欲望が熱く屹立《きつりつ》しているのがわかった。

「カロリーヌ――欲しい」

フランソワが耳元に悩ましいため息を吹きかけ、片手を胸元へ伸ばしてくる。

「あ、ダメです、こんなこと……マリウス様に体力温存って……」

カロリーヌが焦ってフランソワの身体を押しやろうとするが、逆に腰を引き寄せられ、スカートを捲り上げられてしまう。

「いや、体力倍増だ」

マリウスの指が、ドロワーズの裂け目から忍び込み、割れ目をそろりと撫で上げた。

「ひゃうっ、や……」

触れられた箇所から、甘く淫らな痺れが湧き上がり、カロリーヌは腰をびくんと浮かせてしまう。

「お前も欲しそうだぞ？」

フランソワはカロリーヌの耳朶に舌を這わせながら、ぬるりと秘裂をいじる。

「や……違います……ぁ、ああ……んっ」

じわりと濡れてくる陰唇から鋭敏な秘玉を突かれると、ぞくぞく背中が震える。

「あぁ、そこは、だめ……だめです」

フランソワの指がくちゅりと秘裂を割ると、じんと膣奥が疼いてしまい、カロリーヌは身体を強張らせた。

「ああわかっているよ、もうぬるぬるになってしまったのが、恥ずかしいんだな」

フランソワは嬉しげな声を出し、長い中指でくちゅくちゅと蜜口の浅瀬を掻き回してきた。

「いやぁ、そんなこと言わないで……あぁ……」

甘く感じ入ってしまい、両足が誘うように開いてしまう。

フランソワの唇が耳から頬、唇に移動して、ちゅっちゅっと音を立てて口づけをする。

「ん、ぁ、ふ……」

心地よい口づけの感触に、目を閉じて受け入れていると、濡れた舌先が唇を割り開いて侵入してくる。

舌を搦《から》め捕られて吸い上げられると、四肢からみるみる力が抜けていく。彼の舌に応えて、遠慮がちに自分も舌を擦り合わせると、もうどうしようなく身体が昂ぶってくる。

「んふ、ふ、んんう、んん」

陰唇からくちゅくちゅと卑猥な水音が立ち、あまりにも感じ入ってしまい、その刺激だけで達してしまいそうになった。

「……はぁ、あ、フランソワ様……ぁ」

潤んだすみれ色の瞳で見つめると、フランソワがカロリーヌを抱いたまま、ゆっくりとソファに仰向けになった。

彼は片手でトラウザーズの前立てを緩め、雄々《おお》しく立ち上がった屹立を掴み出した。

その立派な勃起を目にしただけで、カロリーヌの媚肉がうずうずと物欲しげに蠕動した。

フランソワはカロリーヌの腰を持ち上げ、自分の下腹部を跨《また》ぐような格好にさせる。そしてドロワーズを引き下ろし、剥き出しの丸い尻をねっとりと撫でた。

「上に乗れ」

「え……」

今までそんな恥ずかしい体位はしたことがなかった。

「私の体力を心配しているのなら、お前が自分で挿入《い》れて、動くんだ」

「そ、そんなこと……」

「してくれないのか？」

フランソワが腰を軽く揺すり、秘裂を割るように太い肉茎で前後に擦った。

「あ、あぁん、ぁあ……」

ビクビクと脈打つ肉胴が疼く蜜口を行き来すると、陰唇から鋭敏な秘玉まで刺激されて、どうしようもなく感じてしまう。

そして、その浅い刺激で膣腔の飢えは耐え難いまでに強くなる。

「そら、早く。私のためなら、どんなこともすると言ってくれたろう？」

「うう……は、はい」

意地悪く促され、カロリーヌはおずおずと腰を浮かせた。

要領がわからず、そろりと腰を落としたが、膨れた亀頭はつるつると秘裂を滑ってしまい、うまく受け入れられない。

「手を添えてごらん」

「はい……」

フランソワに助言され、細い指で硬い剛直の根元を支え、ゆっくりと腰を落とす。

にゅくりと先端が浅瀬へ呑み込まれた。

「あっ、あ……」

灼熱の塊が押し上げてくる感覚に、思わず腰が引けそうになる。だが、思い切ってそのまま腰を沈めると、ずぶずぶと男根が侵入してくる。

「ふあっ、あ、あ、挿入《はい》って……くる……」

隘路がめいっぱい押し広げられる感覚に、ぞわぞわと背中が甘く震える。

「ああいいね、上手だ、どんどん挿入っていく」

フランソワが心地よさ気な声を出す。

彼が気持ちよくなっているのだと思うと嬉しくて、カロリーヌは今度は大胆に腰を下ろし、ずぶずぶと根元まで受け入れた。

柔らかな尻がフランソワの下腹部へ当たると、彼の欲望を丸ごと受け入れた感覚に深いため息が漏れた。

なんだか、いつもよりもっと奥へ届いているようで、動くのが怖い。

「ああ……全部……挿入《はい》ってしまいました……」

「このまま好きに動いてみろ。お前の気持ちよいように」

促され、そろそろ腰を浮かせ、再び落とす。

「はあっ、あ、あ、ぁ」

自分の体重がかかっているせいだろうか、衝撃が大きい。

初めは遠慮がちに腰を揺らしていたが、次第に自分の気持ちいい箇所がわかってきて、そこに肉茎を擦り付けると、腰の動きを止めることができなくなる。

「ん、ん、は、はぁ、あぁ、あ」

真下から最奥に受け入れると、深い快感にあっという間に達してしまいそうだ。

少し腰を前後に揺すりたてると、太い血管が浮いた肉茎が陰唇から秘玉までを擦っていき、どうしようもなく感じ入ってしまう。

「あ、あぁん、は、はあ……あぁ、あ」

悩ましい声を漏らし、夢中になって腰を振り立ててしまう。

「ああ上手だ。いいぞ、カロリーヌ」

フランソワが酩酊したようにつぶやき、片手でカロリーヌの乳房を衣服ごと揉みこんできた。服の内側でツンと尖った乳首が擦れて、これも気持ちいい。

「あ、あぁ、は、はぁ……ぁあん、あぁ、フランソワ様、悦いですか？」

「とても悦い、奥がきゅうっと吸い付いて——お前の中は最高だ」

「んぅ、あ、嬉しい……」

彼にもっと感じて欲しくて、どんどん腰使いが大胆になる。

深く腰を下ろして、強くイキんだまま、前後に揺さぶると、脳芯がつーんと甘く痺れるほどの快感が得られた。

粘膜が打ちあたる、くちゅんくちゅんという卑猥な音すら、興奮に拍車をかける。

「はぁ、あぁ、あぁん、あぁ、気持ち、いい、です……気持ち、いいのぉ……」

髪を振り乱して喘いでいると、フランソワが熱っぽい声でささやく。

「もっと深く腰を沈めてもいいのだぞ」

「そんな……怖い……感じすぎると、おかしくなってしまうの」

カロリーヌは涙目で訴える。

するとフランソワがため息で笑った。

「ふっ——可愛いな、カロリーヌは」

彼はカロリーヌの柔らかな尻肉に指を食い込ませて抱きかかえ、ずん、と強く真下から突き上げた。

「はああっ、あ、深い……っ」

最奥を強く抉られ、カロリーヌは瞬時に達してしまう。

「ほら、もっと動け、もっと悦くなるぞ」

フランソワはカロリーヌが腰を落とすのに合わせて、腰をずんずんと突き上げてくる。

「あっ、あっ、あ、だめぇ、奥、当たるのぉ、当たって……あぁん」

硬い先端が最奥の弱い箇所を抉るたび、頭の中が悦楽で真っ白に染まる。

どうしていいかわからないほどの快感に喘ぎまくり、いやいやと首を振るが、内壁は貪欲に男根を締め付けてしまう。

「く——これは凄《すご》いな、喰い千切《ちぎ》られそうだ——出会った時には無垢な乙女だったのに、なんて淫らになったんだろう、カロリーヌ」

フランソワがくるおし気に呻《うめ》く。

「ぁん……こんな私……いやですか？」

「とんでもない――抱くたびに、お前は私に夢のような快楽を与えてくれる、ますます愛おしいぞ」

フランソワの声が荒い呼吸で乱れる。その色っぽい声色に、カロリーヌはいっそう感じ入ってしまう。

「あぁ、あ、も……う、はぁっ、フランソワ様、もう……来て……っ、フランソワ様ぁ」

数え切れないほど達してしまい、限界を越えてしまいそうで、カロリーヌは縋るように愛する男に訴える。

「ああ、私ももう限界だ、カロリーヌ」

フランソワはカロリーヌの細腰をがっちりと抱えると、ガツガツとがむしゃらに突き上げてきた。

「ひゃあぁ、あ、あ、すご……い、あ、だめぇ、だめぇ、あぁ、やあぁっ」

愉悦の火花が目の前でバチバチと弾け、カロリーヌは背中を弓なりに仰け反らせて、絶叫した。

粘膜が激しく打ち当たるたび、ばちゅんばちゅんと猥雑《わいざつ》な水音が立つ。傘の開いた先端が、いつもと違う箇所を突き上げた途端、下肢から完全に力が抜けた。

そして、強い尿意にも似たせつない快感が襲ってくる。このままでは、粗相をしてしまうかもしれない。

「あ、あぁ、あ、だめ、そこだめ、あ、だめえ、と、止めて……も、漏れちゃう……出ちゃう……っ」

カロリーヌは甘くすすり泣きながら、力の抜けた手でフランソワの律動を押し止めようとした。

「――はぁっ、たまらないぞ、止めることなどできぬ」

フランソワは熱に浮かされたようにつぶやき、さらに腰の動きを速めた。子宮を押し上げられるような凄絶な快感に、カロリーヌは甘い悲鳴を上げる。

「いやぁ、あ、いやぁあぁあぁっ」

絶頂を上書きされた途端、さらさらした大量の愛潮を吹き零してしまった。溢れた愛潮がフランソワの腰を濡らした瞬間、彼がくるおし気に唸る。

「も――う、出るっ、出すぞっ」

その声を発するのと同時に、カロリーヌの胎内にどくどくと熱い白濁が吐き出される。

「あ、あぁ、あ、ぁあ……ぁあああ」

カロリーヌは身震いしながら、力強い脈動とじんわり内部に広がっていく熱いものを感じる。

この瞬間の多幸感は、何ものにも代えがたい悦びだ。

「は、はぁ……はぁあ……」

ぐったりとフランソワの胸に倒れかかると、彼がぎゅっと抱き締めてくれる。

そして、内壁を掻き回すように、腰をゆるゆると動かしてくる。

「あん、もう、動かないで……」

達したばかりの媚肉は敏感に衝撃を感じてしまう。

徐々に愉悦の波が引いていくと、カロリーヌはやっと我に返った。顔を上げ、同じように快楽に酔っているフランソワの顔を見つめ、小声で謝罪した。

「ご、ごめんなさい……私……どうしよう、粗相を……」

言葉の途中で、恥ずかしさに顔から火が出そうになる。

するとフランソワはひどく上機嫌な声を出した。

「これは粗相ではない。女性はあまりに感じてしまうと、このような潮を吹くと聞いていた。お前がとても悦かった証だ。お前を天国に連れて行けて、私は男として誇らしくてならないぞ」

「ほ、ほんとう、ですか？」

カロリーヌはフランソワが慰めてくれようとしているのではないかと、彼の表情を窺う。

フランソワの大きな手が、ごしごしとカロリーヌの頭を撫でた。

「ほんとうだ。それに——たとえ、お前が粗相をしたとしても、いっこうにかまわない。お前のことは、なにもかも丸ごと受け入れられる。だから、お前も私を全部受け入れてくれ」

度量の広い彼の言葉に、カロリーヌは感動で胸がいっぱいになった。

「私だって、フランソワ様のすべてを受け入れる覚悟は、とっくにできています」

フランソワの瞳が揺れる。

「私と生きるのは、茨《いばら》の道かもしれんぞ」

カロリーヌはにっこりと笑う。

「どのような道でも、フランソワ様と一緒なら歩いて行けますとも」

フランソワも陶然とした笑みを浮かべる。

「そうだな、お前は唯一の乙女だからな。そもそも、お前を失ったら、こんな気持ちよいことが味わえなくなる。それだけでも、お前は手放せぬ」

「もう、フランソワ様ったら……いやらしい」

カロリーヌが頬を染める。

「お前だって、私とするいやらしいことが大好きだろう？」

意地悪い声を出し、やにわにフランソワが腰を突き上げた。

若く止まることを知らないフランソワの欲望は、早くも勢いを取り戻しつつある。

「あんっ……もうっ……た、体力温存は……」

カロリーヌが甘い悲鳴を上げるが、フランソワは頓着なく腰を律動させ始める。

「まだまだ平気だ――晩餐には、またあの厚化粧の王妃と馴《な》れ馴《な》れしいガブリエッラ王女と同席せねばならん。厄落としが必要だ」

「こ、これ、が、厄落とし？　……あ、ぁ、あん、んんんぅ」

あっという間にフランソワの劣情に巻き込まれ、カロリーヌは感じ入った嬌声を上げ始めた。


フランソワはつつがなく、三日間のガブリエッラ王女の接待を務め上げた。

つつがなくというのは、少し語弊があるかもしれない。

食事会、園遊会、舞踏会、観劇など、ガブリエッラ王女と同伴の予定は目白押しだった。

責務を果たして私室に戻ってくるたび、吐き気と頭痛に耐えていたフランソワはその場で倒れてしまいそうなほど消耗しきっていた。

マリウスとカロリーヌが常に待機していて、フランソワの介護をする。

どんなにひどい症状が出ていても、カロリーヌが触れていると、フランソワはみるみる回復していく。

「まこと、カロリーヌ様こそが生き薬でございますね」

どんな薬でもフランソワの病を治すことができなかったので、マリウスも感嘆するばかりだ。

帰国するガブリエッラ王女の見送りには、カロリーヌもフランソワに同伴した。ローザ王妃を始め、臣下たちも勢ぞろいで城の門前で見送る。

三日間、フランソワにべったりだったガブリエッラ王女は、ひどく上機嫌だった。

彼女は相変わらず、婚約者であるカロリーヌのことは無視していた。

フランソワと別れの抱擁を交わしたガブリエッラ王女は、フランソワにねっとりした流し目を送りながら言った。

「フランソワ様、わが国は財源が豊かでございます。私の父は、私の結婚の持参金に膨大な額を支払うと言ってくださいました。もしフランソワ様が私を必要とおっしゃってくだされば、私はいつでもあなた様のもとに参ります覚悟であることを、お心に止めておいてくださいませ」

フランソワはかすかに眉を顰《ひそ》めたが、慇懃に答えた。

「そのお気持ちだけ、受け取っておきましょう」

「あら、つれないこと」

ガブリエッラ王女は、ちらりとカロリーヌに冷たい視線を送り、それからふいにローザ王妃に顔を向け、意味あり気な目配せをした。

「では、ローザ王妃陛下、しばしのお別れですわ」

ローザ王妃もまた、意味深な眼差しで答えた。

「ええ、近いうちにまたお会いしましょうぞ」

二人の間に何か秘密めいたものがあるようで、カロリーヌはなんだろうと、少しだけ気がかりだった。

フランソワもその雰囲気を勘付いている様子だったが、彼は知らぬふりをしている。

こうして、ガブリエッラ王女は帰国した。


その翌日のことである。

「本日は、食事を済ませたら、首都と近郊の視察に出かけようと思う」

朝食の席でフランソワが切り出した。

「外出なさるのですね、では私は、今日の予定をすべて無効にして、お部屋で大人しく作法のおさらいをしていましょうか」

フランソワが城を空けるとなると、いつまたローザ王妃の魔の手が伸びて来るかもしれない。警戒するに越したことはない、と思った。

「――そうだな」

うつむいて皿をつついていたフランソワが、ゆっくりと顔を上げた。

「お前も一緒に来い――私の側にいた方が安全だ」

「えっ？　私がご一緒していいのですか？」

カロリーヌは心が躍った。

この城に下働きとして来てから、一度も外出をしたことがなかった。実家でも屋敷でこき使われて、どこかに出かけることなど皆無だった。

フランソワがうなずく。

「お前の身を守るためもあるが――お前にはぜひ見てもらいたいのだ」

彼の表情は真剣で、ハッと気を引き締めた。

「わかりました。お伴します」

朝食後、急いで身支度を整え、フランソワに導かれて王家専用の抜け道から、西の門へ出た。

そこに用意されていた馬車は一見王家のものとも思えないほど質素なもので、護衛の兵士たちも、武器こそ携帯していたが一般の侍従の姿に身をやつしていた。

フランソワはカロリーヌと馬車に乗り込みながら、小声で言う。

「お忍びの視察だ」

馬車は西門からひっそりと出立した。

首都の大通りに出ると、賑やかな街の喧騒《けんそう》が聞こえくる。

「ああ、街が懐かしいです」

カロリーヌはわくわくして、窓から通りの雑踏を眺めた。

「首都は相変わらず栄えているな」

フランソワも反対側の窓から街路を眺め、つぶやく。

「確か、お前の実家も首都の一角にあったな」

「はい。まだ父が存命の頃は、中央通りのホテルのレストランで、美味しいものを食べさせてもらったこともあります」

カロリーヌは幸せだった幼少時代を、懐かしく思い出す。

だが、首都を抜けて郊外へ出ると、風景は一変した。

石畳の道路は消え失せ、石ころだらけの土の道になり、首都の石造りの洒落《しゃれ》た建物から、藁葺《わらぶ》きや木造の貧相な家々に変わっていく。商店は閉まっているところも多い。

そして、道をゆく人々は貧しい服装をして顔色も悪く、覇気のない表情をしている。

家も仕事もないのか、道端でぼろをまとって物乞いしている人が目につく。

あちこちで、目つきの悪い男たちがたむろして、言い争ったり喧嘩《けんか》をしたりしていた。

畑は水が引けないのか、土がひび割れ作物の多くは枯れている。放牧されている牛や羊はガリガリに痩せているものが目立つ。小さな子どもたちが、

「おめぐみを、旦那様、おめぐみを」

と声を限りに叫びながら、裸足で馬車を追いかけきた。

始めは物見遊山の気持ちだったカロリーヌは、次第に心が沈んでいくのを感じた。

たとえ実家で義母たちにいじめられていようと、城で侍女たちに不当な扱いを受けていようと、カロリーヌは食べ物や寝るところに困ることなどなかった。

それに、今はフランソワの婚約者として過分なほどの待遇を受けている。

自分がどんなにぬくぬくと生きていきたか、カロリーヌは痛いほど思い知る。

フランソワは無言で外の風景を凝視している。

昼頃、海を見下ろす丘の上で、小休止になった。

フランソワはカロリーヌを伴って馬車を下りた。

二人はしばらく寄り添って歩いた。

フランソワは訥々《とつとつ》と話し出した。

「首都は、王政の中心地だからな、潤沢に国税をつぎ込んでいる。だが、地方の民たちは、貧困にあえいでいる。すべては、ローザ王妃が財政をほしいままにしているからだ。あの方は、王家の財は国民の税金で成り立っていることなど、考えもしない」

カロリーヌは悄然《しょうぜん》とした声を出す。

「事情は存じているつもりでした。でも――こんな現状は想像もしておりませんでした」

「ショックだったか？」

フランソワが気遣わしげに声をかけた。

「はい……正直……私は世間をぜんぜん知らなくて……情けないです」

フランソワが首を振る。

「貴族の娘のお前が知らなくても当然だ。だが、お前は私の連れ合いになる。未来の王妃になる。だから、あえてお前に見せたかった。この国の現状をな」

カロリーヌは、フランソワの真摯な言葉を息を詰めて聞いていた。

彼は丘の上から大海原を見渡した。

「私はこの国を、民に返したい。国民を幸せにすることが、国王の務めだと思う。まずは、財源を確保し国庫の赤字を解消することが先決だ。我が国で一番発展している工業はなんだか、知っているか？」

「確か紡績《ぼうせき》業、でした」

「その通りだ。お前は勤勉家だな」

フランソワが嬉しげにうなずく。

「だが今、工場の機械を動かす石炭が非常に不足している。自国ではわずかしか採掘できぬ。それで私は、最北の未開の地にずっと調査団を送っていた。そこで最近になって、新たな鉱脈が発見できた。膨大な石炭層が見つかったのだ」

「それは朗報です」

「ああ——だがかの地は遠い。だから、大型の貨物船の造船に乗り出したのだ。ローザ王妃の反対を押し切り、国勢を賭けての大事業だった。完成に三年の月日を費やした」

カロリーヌは、いつぞや貨物船の進水式に赴いた時の、フランソワの高揚した様子を思い出した。

フランソワが水平線の彼方《かなた》を指差す。

「その貨物船が、今、最北の地から、大量の石炭を積んで航海中だ。船が無事我が国に到着すれば、さらなる増産が期待できる。財政が潤えば私の手柄となり、旧弊なローザ王妃派の輩も、私に付くものが増えるだろう——一気に形勢を逆転できる。父王の意識が戻りさえすれば、現状を訴えて、譲位していただくつもりだ」

カロリーヌも水平線を見つめた。

「海の向こうから、未来の希望がやってくるのですね」

フランソワがそっと手を握ってくる。

「その通りだ。カロリーヌ——一緒に未来へ進んでくれるか？」

カロリーヌはきゅっと手を握り返した。

「もちろんです。フランソワ様にこの身も心も捧げると決めているのですから」

絡めたフランソワの指に力がこもった。

「カロリーヌ、愛している」

「私も、愛しています」

「一緒に未来へ行こう」

「ええ、一緒に」

フランソワの深い覚悟と志に、カロリーヌは深く感動していた。それを、自分に打ち明けてくれたことも望外な喜びだった。互いの心が強く結びついていく。

二人はいつまでも丘に立ち尽くしていた。


視察の翌日のことである。

カロリーヌの元へ思いもかけない客が訪れた。

来訪の知らせを受けて、カロリーヌが応接間に赴くと、派手に着飾った義母と義姉たちが、ソファから弾かれたように飛び上がって駆け寄ってきた。

「まあ、カロリーヌ、会いたかったわ！」

「元気そうね！」

「愛しい私の妹」

三人にちやほやと取り巻かれて、カロリーヌは戸惑いながらも挨拶をする。

「お義母様、お義姉様もお元気そうで、よくいらしてくれました」

義母はまじまじとカロリーヌを見た。

「あなたが王子殿下に見初められたって知った時は、驚いたわ。あなたに男を引き寄せる才能があったなんてねえ」

「ねえ、あんなに地味だったのに」

「王子殿下も物好きねえ」

義姉クラリスとベアトリスが顔を見合わせて、くすくす笑った。

カロリーヌは彼らの嫌味《いやみ》混じりの言葉に、努めて笑顔を浮かべる。

「ところで、ご用はなんでしょうか？」

ソファに座りなおした義母が、身を乗り出してくる。

「ああそうよ、そのことなんだけど。あなた、王子殿下の婚約者になったんでしょう。ねえ、いくらか融通してくれないかしら？」

「え？」

義母が肩を竦める。

「知っての通り、ヴィエ家は火の車なのよ。あなたのお父様がわずかな年金と領地しか残してくれなかったんだもの。これじゃあ、娘たちの嫁入りしたくもままならないわ」

「そうよそうよ。今まで育てた恩をお母様に返しなさいよ、カロリーヌ」

「そもそも、妹のあなたが先に婚約するなんて、順番があるでしょう。ねえ、王子殿下にお目通りさせてくれないかしら。同じ家の娘なら、私たちだってチャンスがあるじゃない」

カロリーヌは呆然として彼女たちを見つめていた。

なんて身勝手な人たちだろう。

邪魔者だとカロリーヌをお城の下働きに追いやったくせに、フランソワの婚約者となった途端に、手の平を返して擦り寄ってくる。

以前のカロリーヌであったなら、彼女たちに窮状《きゅうじょう》を訴えられれば、少しでも力になろうとしたかもしれない。誠実な気持ちは、いつか相手に通じるだろうと無邪気に信じていたからだ。

でも――今のカロリーヌは、少しだけ違っていた。

誠実に生きる気持ちに少しも変わりはないが、人が皆、善意で生きているわけではないことも知っている。

困窮していると訴えているが、義母も義姉たちも栄養が行き届いて色艶がいいし、着ているものは極上品ばかりだ。

亡き父の残した年金や領地の上がりも、決して少ない額ではない。

カロリーヌは、お忍びの視察で見聞した町の人々の姿を思い出す。

海を見つめていたフランソワの、真摯な横顔が頭に浮かんでくる。

無言でいるカロリーヌに業を煮やしたのか、義母が少し苛立たしげに言う。

「ちょっと、カロリーヌ。聞いているの？　母がこうして頭を下げて頼んでいるのよ」

カロリーヌは息を大きく吸った。

そして、穏やかだがはっきりした声で言う。

「お義母様、義姉様たち、申し訳ありませんが、私に自由になるお金はあまりないのです」

義母がぽかんとする。

「え？　何を言っているの？　王子殿下に、いくらでもおねだりしたらいいじゃないの」

カロリーヌは真情を込めて言う。

「お義母様、王家の財源は、国民が汗水垂らして働いて納めてくれる税金です。銀貨一枚でも、あだやおろそかに使うことは許されません。ましてや、身内に優先的にお金を回すことなど、人道に外れた行為です」

義母と義姉たちの顔が、みるみる険悪になる。

「でも、私がお掃除係で働いて貯めたお金がいくらかございます。それを全部差し上げますから――」

「そんなはした金、バカにしているの？」

義母が顔を真っ赤にさせてきいきい声を出した。

彼女はさっと立ち上がる。

「王子殿下をものにしたからって、いい気になって。何様よ。この恩知らずの小娘――お前たち、帰るわよ。わざわざ心配して訪ねてきて上げたのに、無駄足だったわ」

義母は義姉たちをうながした。

義姉たちが不満そうに立ち上がる。

「ちょっと、私たちになにもくれないの？」

「宝石の一つでもいいのに。ほんと、いやらしい子ねえ」

ぶつくさ言う義姉たちを、カロリーヌは哀《かな》しい目で見た。

義母はスカートを翻すと、応接間の戸口へ向かう。

「もういいわ。あなたみたいな冷たい娘は、もう娘とも思わない。二度と、我が家の敷居を跨がせないわ。せいぜい、王子殿下に飽きられて捨てられて、身の程を知るといいわ」

「そうよそうよ、どうせ、あんたとはお遊びよ」

「いい気になってればいいわ」

捨《す》て台詞《ぜりふ》を残し、三人は退出してしまう。

ばたん、と乱暴に扉が閉まる。

「……」

カロリーヌは背筋を伸ばして扉を見つめていた。

義母たちにこんなにもきっぱりと物を言えるなんて、自分でも驚いていた。

強くなったのだ、と感じる。

フランソワの愛と王家の一員になるという自覚が、カロリーヌを変えたのだ。

亡き父との思い出がいっぱい詰まった屋敷に二度と戻れないことは、胸が痛んだ。

でも、父の面影はカロリーヌの心の中にくっきりと息づいている。

目を閉じれば、いつでも父と会える。

きっとそれだけで、天国の父は理解してくれるだろう。人を偲《しの》ぶのに、物や場所などいらない。

気持ちひとつだと、カロリーヌは思った。

「フランソワ様、私、もっと強くなります。あなたにふさわしい女性になるために……」

カロリーヌは胸の中でつぶやいた。

第五章　追い詰められる二人

その日、カロリーヌが部屋でピアノの練習にいそしんでいると、珍しくマリウス一人が訪れた。

「カロリーヌ様、ずいぶんとピアノが上達なさいましたね。廊下の外で、聞き惚れてしまいました」

いつもお世辞めいたことなど言わない生真面目な彼が、今日はひどく機嫌がよさそうだ。

「そんな――まだまだ人様にお聞かせするようなものではないわ――どうぞお座りになって。なにかご用ですか？」

カロリーヌは侍女にお茶を頼み、マリウスにソファを勧める。

「いえ、国王陛下のお部屋からの帰りに、立ち寄っただけですので、立ったままで」

マリウスは慇懃に断り、侍女が部屋を出て行ったのを目で確認してからカロリーヌに近づくと、耳打ちした。

「朗報です。国王陛下のご病状が回復傾向にあります」

「まあ、それはよかったわ！　フランソワ様も毎日心配なさっていたから、きっとお喜びですね」

マリウスは同意というようにうなずき、さらに声を潜めた。

「もし意識が戻られたら、フランソワ様は陛下に譲位を促すものと思われます。どうぞ、カロリーヌ様も御心《おこころ》の準備をなさっておいてください」

カロリーヌはハッとした。

「……それは」

「国王の妻になるお覚悟を、という意味です」

カロリーヌはごくりと唾を飲み込む。心臓が高鳴った。緊張して答える。

「はい――とっくにできております」

マリウスが表情を和らげた。

「言わずもがな、でしたね。さすが、殿下の唯一の女性です。まずは朗報をいち早くお知らせに上がった次第です」

「ありがとう、マリウス。これからもずっと、殿下を支えてあげてくださいね」

「承知いたしました」

マリウスが退出すると、カロリーヌはまだドキドキしている胸を押さえ、頭をめぐらせる。

フランソワから聞いた話では、最北の地から大量の石炭を積んだ貨物船は、あと数日で首都の港に到着するという。

国王陛下の回復といい、フランソワにとっていい知らせが重なった。

フランソワの願いが叶う日が来るのも近い。

カロリーヌは気持ちが高揚し、自分の責任も重大になるのだと自覚し直した。

夕刻、晩餐の時間より前に、フランソワがカロリーヌの部屋の扉をノックもせずに押し開いた。

「カロリーヌ！　いるか？」

「あ、フランソワ様。昼間、マリウスが――」

笑顔で迎えたカロリーヌは、フランソワが真っ青な顔をしているのを見て声を呑んだ。

彼は両手の拳を強く握りしめて、それが小刻みに震えていた。

ただならぬ気配に、カロリーヌは慌ててフランソワに駆け寄った。

「ど、どうなさいました、フランソワ様？」

「――船が」

フランソワの声は掠れていた。

「え？」

「貨物船が――航路途中で海賊に襲われた」

「海賊⁉」

「船ごと乗っ取られた――命からがらボートで脱出した船員が、いまさっき漁船に救い上げられ、私の元に報告が――」

フランソワの足元がよろめく。カロリーヌは必死で抱き留めた。

カロリーヌの腕にしがみついたフランソワの指が、痛いほど食い込む。

「なんということだ！　船も積み荷の石炭も丸ごと奪われてしまうとは――！」

フランソワは側のテーブルに両手を付き、がっくりと首を垂れた。

こんなに打ちひしがれているフランソワを、初めて見る。毒を飲まされた時すら、冷静沈着だったのに。

それだけ、この事件の衝撃が大きいということだ。

「フランソワ様……！　フランソワ様」

カロリーヌも途方に暮れていた。

愛する人の非常事態に、自分のできることがなにもない。

ただ背中を宥めるように撫で、声をかけるだけしかできないなんて。

フランソワがのろのろと頭を上げた。

「すまぬ――取り乱したりして。お前を混乱させたな」

彼はまだ青白い顔をしていたが、カロリーヌに優しく言った。

こんな時でも、カロリーヌを思い遣る心の広さに、涙が込み上げてきた。

「いいえ、いいえ、こんな事態に落ち着いている方がおかしいです。フランソワ様の積年の努力の証が、こんな形で奪われるなんて――無念です、私、私……」

耐えようとしたが、涙が溢れて止まらない。

ぽろぽろと大粒の涙が頬を伝って流れた。

フランソワが大きな手で、ごしごしと頭を撫でてくる。

「お前が泣くと、私が泣くに泣けないではないか」

フランソワがふふっと笑みを浮かべる。そして、チュッとカロリーヌの頬に口づけをし、涙を吸い上げた。

「苦いな。悔し涙は苦いものなのだな」

彼がしみじみ言うので、カロリーヌはフランソワの胸にしがみつき、ついに声を上げて泣き出してしまう。

「ううっ、悔しい、悔しいです……私、なんのお力にもなれない……っ」

フランソワがぎゅっと抱きしめてくる。

「泣くな、泣くな。いや、泣いていいぞ。お前が私の気持ちを代弁して、こうやって泣いてくれることが、ほんとうに救われる、カロリーヌ、カロリーヌ」

ひくひく震える肩を、フランソワが愛おしげに撫でる。

これでは、どっちが慰めているのかわからない。一番辛いのはフランソワだ。

めそめそしている場合ではないのだ。

カロリーヌは自分の心を叱りつけた。

くすんと鼻を鳴らし、顔を上げる。

「ごめんなさい……取り乱しました。恥ずかしいです」

フランソワがにっこりして、カロリーヌの唇にそっと口づけをした。

「いいんだ。お前がいてくれて、ほんとうによかった」

二人はしばらくじっと抱き合っていた。

と、そこへマリウスが血相を変えて飛び込んできた。彼は手にフランソワの礼装用の上着を持っていた。

「殿下！　た、大変です。海賊から、王家に伝令が届きました。それを、ローザ王妃陛下がお聞きになり、今すぐに、王妃陛下の謁見室においでになるようにとのことです、すぐお着替えを」

フランソワは表情を引き締めた。

「伝令、だと？　それはもしや――」

マリウスが血の気の失せた顔でうなずく。

「はい――身代金請求だと思います」

カロリーヌは目をぱちぱちさせる。

「身代金？」

フランソワはマリウスに手伝ってもらい、衣服を整えながら答える。

「強盗や海賊どもがよくやる手段だ。相手の大事なものを奪い、それと引き換えに金を要求するのだ。船や石炭を盗んでも、売《う》り捌《さば》くのは困難だからな。現金が一番足が付かず使い勝手がいいのだ。巧妙な手口だ」

彼はカロリーヌに振り返り、手を差し出した。

「おいで。王家の一大事だ。お前も一員だ」

「はい」

緊張で声が強張ったが、フランソワの手を握ると少し気持ちが落ち着いた。

マリウスに先導されて歩きながら、フランソワが考え深い顔で言う。

「だがこれで、船と石炭が無事なことは確認できた。それだけでも僥倖《ぎょうこう》と言える。あとは、この状況が吉に転がるか――手立てがあるか、そこが問題だ」

いつもの落ち着いたフランソワに戻っている。

カロリーヌは彼の端整な横顔を見つめ、神にも縋る思いだった。


「なんという失態じゃ！　フランソワ殿！」

謁見室に二人が入るや否や、玉座に座っていたローザ王妃が、怒り心頭の顔で怒鳴り声を上げた。

「そなたに頼み込まれて、借金までして高い建造費を払って船など造らせたのに、この有様か！」

フランソワは冷静に答える。

「海賊の多い領域は避けた航路にしたのですが、こんな事態になって残念です、義母上。相手は、幾ら要求してきましたか？」

ローザ王妃は吐き捨てるように言う。

「期限は一週間。一千万ダガードじゃ！」

「一千万——！」

カロリーヌは唖然とした。

それは、小国なら一年分の予算と同等な金額だ。

財政が苦しいエタール王国には、あまりに重い金額である。

さすがのフランソワも声を失っている。

「どうするのじゃ！　そんな途方も無い金額、国庫にはないぞ！　そなたは我が国を滅ぼすおつもりか⁉」

ローザ王妃が指輪を幾つも嵌めた太い指を、フランソワに突きつける。

ローザ王妃の派手な金遣いや膨大な借金がその原因なのに、フランソワを責めるのはお門違いだ——と、カロリーヌは唇をきつく噛み締めた。

フランソワは表情を変えず、答える。

「なんとか——なんとかします」

「なんとか、できるのか？」

ローザ王妃は手にした孔雀の羽の扇で、苛立たしげに顔を仰いだ。ぷんぷん強い香水の匂いが流れてきて、フランソワが顔を顰める。

ローザ王妃はぞんざいに言う。

「船などいっそ、海賊どもにくれてしまえばよい」

フランソワがキッと顔を上げた。

「それはなりません！　あの船こそが、我が国を救う命綱なのです！」

彼の凛と張り詰めた声の力強さに、ローザ王妃も気圧されたように黙った。

フランソワはまっすぐローザ王妃を見つめ、きっぱりと言った。

「同じ船を再建するのに、また数年掛かります。未開の地は、先に開拓した国の領土になることを、各国で取り決めています。ぐずぐずしていたら、せっかく発見した鉱脈を奪われてしまう。私が金を支払います。義母上にご迷惑はおかけしない」

ローザ王妃は太った身体をふかぶかと玉座に沈め、ずる賢そうな顔つきになった。

「そうか。しかとその言葉、聞いた。では、そなたがなんとかするがいい――ただし」

ローザ王妃は目を眇めた。

「どうにもならなかったら、そなたの大失態だ。そもそも、女性を寄せ付けず不名誉な噂になったかと思ったら、財産も身分もない娘との婚約を強行したり、手に余るような船など造らせたり、挙げ句にこの海賊騒ぎじゃ。そなたには次期国王としての度量が足りぬようじゃな。そなたに打つ手がない時には、貴族議会に我が息子アルベルトを次期国王にと推す所存じゃ」

カロリーヌはあまりにひどい言葉に、思わずなにか言い返そうとした。

が、フランソワが素早く目配せしたので、危ういところで押しとどめた。

ここでカロリーヌが不敬な言葉を口にしたら、フランソワの立場はいっそう悪くなる。口惜しいが、必死で気持ちを抑えた。

「わかりました」

フランソワは落ち着いた口調で返す。

ローザ王妃はふふんと鼻を鳴らす。

「まあ、お手並みを拝見させていただこうか」

それだけ言うと、ローザ王妃は先に謁見室を退出した。

残されたフランソワとカロリーヌは、しばらく無言でいた。

フランソワがなにか深く考え込んでいる風なので、カロリーヌはじっと見守った。

やがて、フランソワがゆっくりと顔を上げる。

彼の顔は苦渋に満ちていた。彼はぽつりと言う。

「一千万ダガードか――」

カロリーヌは自分にできることを考えていた。

「フランソワ様――あの、私の持っているドレスや宝石類、お部屋の調度品などすべて売り払ったら、わずかでも足しになりますでしょう――もともと、フランソワ様に与えていただいたものですから、お返しします」

フランソワが笑みを浮かべた。

「お前はほんとうに優しいな。気持ちだけで嬉しい」

カロリーヌは弱々しく首を振る。

「私、なんの財力もなくて……」

「お前はお前というだけで、世界中のどんな財宝よりも、私には価値があるんだぞ」

フランソワが愛おしげに髪を撫でてきた。

「心配するな。手立ては私が考えることだ」

「でも……」

常日頃、浪費を嫌い慎ましい生活をしているフランソワに、余分な財産があるとは思えない。本来なら、贅沢な暮らしをしているローザ王妃こそが彼を手助けすべきなのに――。

「金の猶予は一週間後だ。考える時間はある」

フランソワは自分に言い聞かすようにつぶやいた。


翌日のことである。

フランソワは自室の書斎にこもって、金策の手段を熟考していた。

彼の書き物机の上は、各国の銀行への書状や国有地の所有権証書などが山と積み上げられている。

カロリーヌは彼の邪魔にならぬように気を使いながら、時折軽食やお茶などを差し入れた。

午後、扉をせわしなく叩いて、マリウスが飛び込んできた。

「殿下、今、ナタージャナ国のガブリエッラ王女から、早馬の伝令が到着しました」

マリウスの手にナタージャナ国の紋章が入った封書が握られている。

「なに？　ガブリエッラ王女から？」

封書を受け取ったフランソワは、素早くその場で開いて中身を読む。

彼の顔色が変わる。

「フランソワ様、王女殿下はなんと？」

カロリーヌがたずねると、フランソワはすぐにいつもの優しい表情に戻った。

「なに、先日の接待のお礼だ——マリウス、ちょっと相談したいことがある。カロリーヌ、悪いが席を外してくれ」

フランソワは書斎にマリウスを招き入れ、二人で閉じこもった。

カロリーヌは応接間で待機していた。

長時間話し込んでいた二人が書斎を出てきたのは、夕刻過ぎだった。

戸口でフランソワはマリウスに念を押すように言う。

「ではマリウス、急ぎそのように頼む」

「かしこまりました」

マリウスは深刻な表情で、部屋を出て行った。

カロリーヌは心配でたまらない。つい、声をかけてしまう。

「フランソワ様——」

「カロリーヌ、お前に話がある。いや、頼みか」

フランソワはカロリーヌに顔を振り向けた。

ひどく苦しげだ。

「はい、なんでもおっしゃってください」

カロリーヌがそう答えると、フランソワはわずかに視線を外して言葉を吐く。

「――婚約解消、してくれ」

「え？」

カロリーヌは、しばらくフランソワの言葉が頭に入ってこなかった。

ぼんやり立ち尽くしていると、フランソワが低い声で繰り返す。

「婚約を解消してほしい」

「？……」

フランソワはさらに声を落とす。

「海賊の事件の噂は、なぜか瞬く間に大陸中に広まった。それを知ったガブリエッラ王女が、速達の書簡を寄越したのだ。彼女と結婚し、ナタージャナ国の婿王子となることを承諾すれば、直ちに一千万ダガード出すと」

カロリーヌは愕然とした。

「婿王子って……フランソワ様は、この国の王位継承権をお捨てになるとおっしゃるのですか？」

フランソワの顔が苦しげに歪む。

「そうだ――そもそも、私は国王の座にそんなに未練はないのだ」

カロリーヌは悲鳴のような声で叫んでいた。

「そんなの嘘！　フランソワ様は、誰よりもこの国を愛し、この国の未来をお考えになっておられたはず。あなたがそんなに簡単に、祖国を見捨てられるはずはありません！」

するとフランソワがまっすぐカロリーヌを見据えた。

「ああそうだ！　――だが、一千万ダガードあれば、今、祖国を救える。今がなければ、未来もない。貨物船と積み荷の石炭、発見した鉱脈の所有権があれば、我が国が豊かになる糸口が掴める。時間もない、他に手はない」

「っ――」

彼の悲痛な眼差しに、カロリーヌは胸が抉られる。

「でも、でも……フランソワ様は他の女性にはお身体に拒絶反応が……ガブリエッラ王女殿下のご接待の時には、あんなにもお辛そうに……」

フランソワが苦く笑う。

「耐えるしかあるまい――吐き気で死ぬことはなかろうよ」

カロリーヌは絶望感に頭が真っ白になるのを感じた。

我が身の無力さに、その場で声を上げて泣きたかった。

だが、すんでで踏《ふ》み止《とど》まる。

なぜなら、一番絶望しているのはフランソワだからだ。

彼は、「婚約を解消してほしい」とは言ったが、「お前を愛していない」とは口にしなかった。

そこに、彼の真情を痛いほど感じた。

フランソワを愛している。世界で一番愛している。

彼のためなら、この身も心も捧げると心に誓った。

だから、今こそ、その時なのだ。

カロリーヌは深呼吸し、答えた。

声が震えてしまう。

「わかりました——婚約を解消しましょう」

フランソワが息を詰めてこちらを凝視した。

その哀しい眼差しに、全身の血が冷えていくような気がした。

だが、カロリーヌは必死に笑顔を浮かべてみせた。

「もともと、一介の侍女だった私に、未来の王妃の座など荷が重すぎましたもの。ついお城の暮らしにのぼせてしまって、自分の分を忘れてしまいました」

それからカロリーヌは、彼の代わりに自分こそが口にすべき言葉を振り絞った。

「私はフランソワ様のこと……ほんとうは、愛してなんかいませんでした」

「っ——」

フランソワが息を吞み、悲壮な表情になる。

カロリーヌは貼り付けた笑顔を保とうとした。

「恋に恋していたんです。王子殿下の婚約者という役割に浮かれ、酔いしれていました。充分、いい思いをさせていただきました。だから、もういいのです。もういいの——フランソワ様は、ご自分の望むべきことをなさってください」

言い終わると、頭を深く下げた。そのままだと泣き出しそうな顔を見られてしまうからだ。

「長い間、ありがとうございました。どうか、いつまでもお健やかに――今日中に、お城を去りますから」

顔を伏せたまま、踵《きびす》を返す。

涙が溢れる寸前で、一刻もフランソワの前にいられなかった。

「――カロリーヌ」

背中から、呻くようなフランソワの声が追いかけてくる。

後ろ髪が引かれる。

だが、彼は引き止めようとはしなかった。

フランソワの決意が固いことを知り、カロリーヌは胸が張り裂けそうになる。

目をぎゅっと閉じ奥歯を噛み締め、応接間を飛び出した。

背後で扉を閉めた途端、どっと涙が溢れ出した。

「う……ぅうっ……」

嗚咽を噛み殺し、自分の部屋へ向かって廊下を歩き出す。

一歩歩くごとに心が奈落へ沈んでいく。

自室に戻ると、侍女たちを下がらせ、手早く手荷物をまとめた。

もともと、身一つで奥城に連れてこられたので、自分の物など皆無だ。フランソワから与えられたものはすべて、ここへ残していこう。

掃除係の時に着ていた簡素なドレスがクローゼットの隅に残っていたので、それに着替えた。

手提げに、掃除係の時に貯めたわずかな銀貨の入った皮袋とエーメからの手紙を詰める。

最後に、自分の指に嵌《はま》っているフランソワの母の形見の指輪にハッと気がついた。

いつも肌身離さず身に着けていたので、その指に嵌っていることすら忘れていた。外そうとしたが、いくら力を込めてもぴったり指に嵌っていて引き抜けない。

まるで、カロリーヌの未練の証のようだ。

カロリーヌはそっと指輪に口づけした。

「フランソワ様、許して下さい。これだけは、持って行きます」

そっと自室を出ると、いつもは廊下を行き来しているはずの警護兵たちが、なぜか姿を見せない。もしかしたらフランソワが、カロリーヌが出て行きやすいように計らってくれたのかもしれない。

侍女の服装をしているせいか、誰にも怪しまれることなく、使用人専用の門から外に出た。

振り返り、城の奥の高い尖塔の方を見上げた。

「さようなら、フランソワ様。愛しています。今でも、これからもずっと……」

ついこの間まで、フランソワと胸ふくらませて二人の明るい未来について語っていたことが、まるで夢のようだ。

涙で城が歪んで見えた。

カロリーヌは背中を向け、街へ向かって歩き出した。

とぼとぼと歩き去るカロリーヌの後ろ姿を、フランソワは城の最上階の窓からじっと見詰めていた。

「カロリーヌ――愛している。今までも、これからも、愛する女性はお前だけだ」

口の中でつぶやく。

なんと健気な乙女だろう。

フランソワの決断を尊重し、心にもない言葉まで口にして、潔く城を去っていく。

目の奥が熱くなった。

今すぐにでも、ここから飛び出して全力で追いかけたい衝動に駆られた。

だが、フランソワは歯を食いしばり踏み止まる。

「カロリーヌ様は、行かれましたか？」

ノックもせずにマリウスが入室してきて、背後で声をかけてきた。フランソワは窓に顔を向けたまま答える。

「ああ――私の気持ちを察し、泣き言ひとつ言わなかった」

マリウスが慰めるように穏やかに言う。

「こうする方が、カロリーヌ様のお身のためでしょう」

フランソワは目を閉じて、息を大きく吸った。そして、くるりとマリウスに振り返った。

「ナタージャナ国のガブリエッラ王女へ、早馬の伝令を出せ。謹んで、そちらの条件を受け入れると。そして、私とガブリエッラ王女の婚約を、大々的に喧伝《けんでん》しろ」

きっぱりと言い放つ。

「御意」

マリウスは素早く立ち上がり、退出する。

フランソワは顎を引き、気持ちを引き締める。

彼は机の上の呼び鈴を鳴らした。

音もなく扉が開き、数名の兵士たちが入ってくる。

彼らは全員フランソワの腹心の部下たちだ。

フランソワは彼らに手短に命令をする。

「今すぐにお前たちは、航路からナタージャナ国の海域を探ってくれ。くれぐれもナタージャナ側に気付かれぬようにな。連絡は一時間ごとに伝書鳩《でんしよばと》を飛ばせ」

兵士の中のリーダー格らしい男が声を潜めてたずねる。

「その目的は?」

「目的は――」

フランソワも声を落として答えた。兵士たちはその言葉に深くうなずく。

兵士たちはすぐに出立していった。

一人残ったフランソワは深く息を吐く。

「さあ、これからだ。私の一世一代の大芝居だ」

その日のうちに、王室からフランソワがカロリーヌと婚約破棄した旨が発表された。

翌日にはナタージャナ国のガブリエッラ王女との婚姻がすすめられることとなる。

ローザ王妃と取り巻きの保守的な貴族議員たちは、それを当然の成り行きと受け止め、フランソワの決断を好意的に受け入れた。

特に、もともとカロリーヌとの婚約に反対だったローザ王妃はおおいに喜んだ。

フランソワとの婚姻の話がもたらされると、ガブリエッラ王女は即座にそれを受け入れ、すぐさまエタール王国に戻ってきた。

彼女はすっかり王妃気取りで、終始フランソワにべたべたとつきまとう。

フランソワは顔色一つ変えず、にこやかに彼女に応対した。

表面上は二人の仲に何も問題はないように見え、いずれこのまま結婚するのだろうと周囲は思い込んだ。


——一週間後。

城の大広間では、フランソワとガブリエッラ王女の結婚発表がされるということで、重臣たちや貴族議会議員、報道関係者たちが大勢集められていた。

彼らは結婚発表を今や遅しと待ち受けていた。

フランソワは扉の外で、ガブリエッラ王女と並んで入場の合図を待っている。

「ああワクワクします、フランソワ様。このドレス、どうでしょう？　この日のためにあつらえた、南国の大粒の真珠を五百個も使った特注のドレスなのですよ」

フランソワの腕に絡みついて、ガブリエッラ王女は甘えた声を出す。

「とてもお似合いです」

フランソワは礼儀正しく答えた。

だが、彼女はいつにも増して香水の匂いがきつい。その上ぴったりと寄り添われ、フランソワは吐き気が酷くなってくるが、必死で顔には出さないようにしていた。

なにもかも、この日のために歯を食いしばって耐えてきたのだ。

大広間の最奥の階の玉座には、ローザ王妃がどっしりと座っているだろう。

彼女はこの一週間、ひどくご満悦だという。

当然だろう。ナタージャナ国と絆《きずな》が結ばれれば、財源の豊かなかの国から多大な援助を手に入れることができる。ローザ王妃は、さらなる浪費と贅沢に溺れることができるのだ。

「フランソワ王子殿下、並びにガブリエッラ王女殿下のお出ましにございます」

時間ぴったりに呼び出しが朗々と告げ、大広間の正面扉がぱっと左右に開く。

純白の礼装に身を包んだフランソワは派手なドレスに身を包んだガブリエッラ王女の手を引き、入場していった。

フランソワは少し緊張した面持ちで、ガブリエッラ王女と並んで左右に居並ぶ人々の間を、ゆっくりと進んだ。人いきれのせいで、ガブリエッラ王女の化粧品の匂いがきつくなりあぶら汗が浮いてくるが、これも最後の試練だと自分に言い聞かせていた。

階《きざはし》の下まで来ると、フランソワとガブリエッラ王女は恭しく跪いた。

ローザ王妃が機嫌よく皆に告げる。

「本日はまことにめでたい日じゃ。我が王子フランソワがついに結婚するはこびとなった」

書状を手にした書記が、二人の前に進み出る。書状には二人の結婚表明の文面が綴《つづ》られてあり、書記がそれを読み上げ、フランソワとガブリエッラ王女が同意し、正式な結婚発表となる手はずだ。

書記が書状を広げ、深呼吸して読み上げようとした時だ。

「少し待たれよ」

ふいにフランソワはすくっと立ち上がった。

書記は声を飲む。

人々がざわめいた。

ローザ王妃は怪訝《けげん》そうに眉を顰めた。

「どうなさったのだ、王子殿下」

フランソワは懐から一通の封筒を取り出して、ガブリエッラ王女に差し出した。

「王女殿下、これはあなたから渡された持参金の小切手です。謹《つつし》んで、あなたにお返しする」

ガブリエッラ王女は顔を上げてぽかんとしている。

「え？　なにをおっしゃってるの？」

ローザ王妃が苛立たしげな声を出した。

「なにをしておられる？　この大事な時に」

フランソワは穏やかに答えた。

「確かに、国家の大事であります、義母上。あなたがガブリエッラ王女をそそのかし、我が国の一大事業の進行を阻止しようとしたのですから」

ローザ王妃の顔がみるみる赤くなる。

「なにを言っておるのじゃ！　たわごとを言う場ではないぞ、王子殿下」

フランソワはくるりとローザ王妃に向かい合った。

「たわごとかどうか――これをご覧になるといい」

フランソワはさっと片手を挙げた。

大広間の側面の扉が開き、兵士たちに囲まれて捕縛された男たちがよろめきながら入ってきた。

ローザ王妃が目を剥いた。

その場にいる人々も呆然として見ている。

兵士たちが捕縛された男たちを、フランソワの足元に跪かせる。

フランソワが彼らを見下ろして、冷ややかに言う。

「お前たちの身分を述べよ」

男たちの一人が、震え声で言う。

「わ、我々は――ナタージャナ国の海軍兵であります」

ガブリエッラ王女がみるみる顔色を失った。

フランソワは言葉を続けた。

「お前たちは、我が国の貨物船を襲い、船と積荷を奪い、海賊の仕業に見せかけたな？」

恐ろしく冷徹で威厳のある声で、その場にいる者全員が震え上がった。

捕縛された男たちが、その場に平伏した。

「お、お許しください！　我々は命令に従っただけです！」

フランソワがさらに追求する。

「誰の命令だ？」

「ガ、ガブリエッラ王女殿下の――」

「嘘だわ！　私は知らないわ！」

突然、ガブリエッラ王女が立ち上がり、甲高い声で叫んだ。

フランソワはあくまで冷静な態度を崩さない。

「だが、ナタージャナ領海の島の港に、奪われた我が国の貨物船が迷彩布に覆われ停泊している事実は、どうご説明くださるのだ？」

「え――」

ガブリエッラ王女は押し黙った。

フランソワが冷ややかに言う。

「この事実は、あなたの父王陛下はご存知なのか？　これは国際問題ですぞ」

ガブリエッラ王女の顔が蒼白になった。彼女はしどろもどろになる。

「お願い！　父上にだけは言わないで‼　父上は何もご存知ないの‼　わ、私はどうしても、フランソワ殿下と結婚したかったの。あなたを好きだから――」

フランソワが少しだけ表情を和らげる。

「あなたの恋する女心に、義母上がつけ込んだのですね」

「何を無礼なことを言うか！　私は何も知らぬわ！　ガブリエッラ王女が恋に目が眩《くら》んで、暴走したのであろう」

ローザ王妃が息巻く。

「今さら、ぬけぬけとそんなことを言うか！」

フランソワは一喝し、さっとローザ王妃に顔を振り向け凝視する。その目力のあまりの強さに、ローザ王妃は息を呑むが、すぐに反論した。

「証拠があるのか？　貨物船を襲ったのはナタージャナ国の兵士、それを隠匿《いんとく》したのもナタージャナ領海内であろう？　すべて、ナタージャナ国側の責任ではないか!?」

ローザ王妃は勝ち誇ったように胸をそびやかす。

「――なるほど。エタール国にはまったく非がないと。それがこの国の総意であるか」

ふいに、重々しい男性の声が響いた。

「父上!?」

ガブリエッラ王女が声を震わせ、ひゅっと鋭く息を吸う。

人々がハッとして背後を振り返る。

いつの間にか正面扉が開いていて、最高級の衣装に身を包んだ威厳ある壮年の男性が進んでくる。

ローザ王妃が顔面蒼白になった。

「ま、まさか――ナタージャナ国王陛下――!?」

その言葉に、その場にいた者全員がさっと最敬礼した。

ナタージャナ国王は鷹揚にうなずいた。

「左様――娘の浅はかな行いを知り、急遽《きゅうきょ》参りました次第」

ガブリエッラ王女はへなへなと床に座り込み、両手で顔を覆ってすすり泣いた。

「お父上、お父上――申し訳ありません、申し訳ありません――」

フランソワはゆっくりとナタージャナ国王の前に進み出て、恭しく跪いた。

「国王自ら足を運んでいただくとは――感謝の極みでございます」

ナタージャナ国王は寛容に答えた。

「いや王子殿下、立ちなさい。貴殿の迅速な連絡を受けて、こちらこそ感謝する。これはもはや国際問題であろう。これを――娘の部屋から発見したので、貴殿にお渡しする」

ナタージャナ国王が目配せすると、背後に控えていた従者が素早く進み出て、封書の束をフランソワに差し出した。フランソワは立ち上がるとそれを受け取った。その一通を開いて、フランソワは手早く中を読む。

「そ、それは――」

ローザ王妃が低く呻いた。

フランソワはローザ王妃に静かに言い放った。

「義母上、あなたがガブリエッラ王女をそそのかしたことが、この手紙に書かれています。我が王家の紋様入りの紙にあなたの筆跡で――これでも王女一人の仕業だと言い張りますか？」

ローザ王妃はぱくぱくと唇を戦慄かせることしかできなかった。彼女は急にひとまわり萎《しぼ》んでしまったようだ。

ナタージャナ国王が恐ろしげな声でローザ王妃に告げる。

「ローザ王妃、貴女が我が国を陥れようとした行為に対し、正式に宣戦布告をするがよいか？　国の頂点に立つ王妃として、布告を受け入れるか？」

両国が戦争になる⁉

その場の空気が凍りついた。

ローザ王妃はふらふらと玉座から崩れ落ちた。そして、恥も外聞もなく泣き叫んだ。

「わ、私はたった今、王座を下ります！　国王陛下と離婚します。もうこの国の責任者ではありません！　私を罰さないでください！　後生です、お願いします、お願いします」

フランソワが進み出て、頭を下げてナタージャナ国王に申し出る。

「陛下、どうか今後の両国のために、ここは和解してください。我が国は、貨物船と荷物を戻していただければ、ガブリエッラ王女の行為に対し、なんら咎めることはいたしません」

ナタージャナ国王がうなずく。

「私も娘は可愛い。娘の愚行を見逃していただけるのなら、その提案を受け入れよう」

それからナタージャナ国王は、しゃくりあげているガブリエッラ王女に声をかけた。

「来なさい、我が娘よ。一緒に国に帰るぞ。いろいろ説教もあるが、それは国に着いてからだ」

「は、はい――父上」

ガブリエッラ王女はよろよろと立ち上がると、ナタージャナ国王に支えられるように縋り付く。国王はガブリエッラ王女の背中を優しく撫でながらも、威厳のある声で告げた。

「このような醜聞《しゅうぶん》を晒してしまった。娘との婚約はなかったことにしてもらおう」

突然、どすん、と鈍い音が響いた。

きゃっと侍女が悲鳴を上げた。

階の下にローザ王妃が倒れている。

駆け寄った侍女たちが、抱き起こそうとしたが、彼女はぴくりともしない。侍女の一人が青ざめて報告する。

「殿下、気絶なさっておいでです」

「ローザ王妃を医務室へお運びしろ。そのまま王妃の治療と警備にあたれ」

フランソワは落ち着いて周囲に控えていた兵士たちに命令した。

兵士たちが数人がかりで、ローザ王妃の巨体を抱えて去っていった。

フランソワは大きく息を吐いた。

すべては計画通りだ。

「さて——王妃がこのような事態になったので、しばらくは第一王子の私が国王代行として、政務を執らせていただく。異議はあるか？」

フランソワは威風堂々と大広間中を見回した。誰も顔を上げようとしない。

「お集りの皆様には、とんだ余興をお見せしたが、結婚披露を引き続き行う——全員、面を上げよ」

凜とした声に、人々がさっと顔を上げる。

フランソワは悠々とした足取りで、大広間の真ん中を横切り、正面扉の前まで辿り着く。

「開けよ」

彼の命令とともに、待機していた侍従たちがさっと左右に扉を開いた。

そこには――。

美しく装ったカロリーヌが凛として立っている。

フランソワは笑みを深くし、彼女に手を差し出した。

「待たせたな」

「いいえ、少しも」

カロリーヌが蕩けるような笑顔を浮かべる。そして、彼の差し出した手に自分の手を預けてきた。

その柔らかく温かい感触に、フランソワは身体の血が熱く滾るのを感じた。

フランソワはもう片方の手をカロリーヌの腰に手を回し、ゆっくりと大広間の中へ誘導した。

カロリーヌは優雅な足取りで付き従う。その姿は自身に溢れ、優美で気品に満ちていた。

誰もが彼女に魅了されたように見つめている。

大広間の中央まで来ると、フランソワは足を止めた。

そして、周囲をぐるりと見渡し、晴れ晴れとした顔で告げた。

「私、フランソワ・シャンピオンは、カロリーヌ・ド・ヴィエ伯爵令嬢と、本日、正式に結婚の宣言をする。

彼女こそが、真に私にふさわしい令嬢である。異議のある者は申し出よ！」

大広間の隅々にまで響き渡る凛々しい声に、その場にいる者たちは深い感銘を受けたような表情になった。

カロリーヌは胸を張って佇んでいる。そこはかとない威厳すら感じられた。

誰一人、異議をとなえるものはいなかった。

成り行きを見守っていたナタージャナ国王が口を開いた。

「ひとつ言い忘れたが、貴殿の貨物船は、すでにこちらに航行中である。一両日には首都の港に到着するだろう」

「感謝します、国王陛下。捕縛したそちらの兵士は、丁重にお国に帰国させます。そして、これはお返しします」

フランソワは最敬礼して、一千万ダガードの小切手が入った封筒を差し出した。

ナタージャナ国王は鷹揚に首を振る。

「それは貴殿方の結婚前祝いとして、謹んで献上しよう」

「え？」

フランソワが戸惑うと、ナタージャナ国王が破顔した。

「先ほど扉の外で、このご令嬢に話をさせてもらった。貴殿のことを深く理解しているお方だ。あなたに一番ふさわしい女性である。そしてフランソワ王子、貴殿の国を思う気持ち、感服した。同じ国を治める者として、貴殿に敬意を払う」

フランソワは顔に血が上るのを感じた。頭を下げ、封筒を押し戴《いただ》く。

「では、ありがたく頂戴いたします」

「うむ――では、次は貴殿らの結婚式でお会いできる日を、楽しみにしておる」

ナタージャナ国王はガブリエッラ王女とともに、堂々とした足取りで大広間を出て行った。

まさに王者の風格そのもので、その場にいた人々は咳ひとつせず頭を下げ続けていた。

おもむろにフランソワはカロリーヌに穏やかな眼差しを向けた。

「カロリーヌ、もっと私の側へ」

「はい」

カロリーヌは優美な足取りで近づいてくる。

彼女からはほのかな花の香りがした。唇に紅を差し、あどけない美貌に大人びた色香が漂う。うっとりするほど蠱惑的《こわくてき》だ。

寄り添ったカロリーヌが、小声でささやく。

「少しだけ薄化粧をしました――ご気分は大丈夫でしょうか？」

フランソワは笑みを浮かべた。化粧したカロリーヌに対し、なんの不調も感じない。

「問題ない。とても美しい。そして私はすこぶる晴れやかな心持ちだ」

カロリーヌが婉然《えんぜん》と微笑む。

その瞬間、フランソワは自分の奇病がカロリーヌに対してだけは完璧に治癒したことを確信した。

彼女こそ、唯一無二の生涯の連れ合いなのだ。

第六章　愛する人はひとり

時間は少し遡《さかのぼ》る。

――一週間前である。

フランソワと婚約破棄し城を出たカロリーヌは、街道をとぼとぼと歩いていた。一歩ごとに身体から力が抜けて行くようだ。

フランソワを失った自分には、もう生きている意味がないように思えた。

あの意地悪な義母や義姉たちのいるヴィエの屋敷にはもう帰れない。どこにも行くところがない。

フランソワの望みを叶えるために、別れを受け入れた。最後に、彼の役に立てたことだから、もう思い残すこともない。

もはや、道端でのたれ死んでもかまわない――そんな投げやりな気持ちにもなった。

と、背後から高らかな馬の蹄《ひづめ》の音が迫ってきた。通行人だ。

カロリーヌは道をあけようと、脇に寄ろうとした。

刹那、腰を抱きかかえられ、身体がふわりと宙に浮く。

「きゃ……っ」

悲鳴を上げて思わず目をぎゅっと瞑ってしまう。

「——捕まえた、カロリーヌ」

懐かしい艶めいた声に心臓が跳ね上がった。

おそるおそる目を開くと、目の前に端麗なフランソワの笑顔がある。

気がつくとカロリーヌはフランソワに抱きかかえられ、馬の鞍前に横坐《よこずわ》りになって乗っていたのだ。

「フ、フランソワ、様？」

背後からフランソワがそっと抱きしめてきた。

「もう離さない」

「ど、どうしてここに……？」

「もちろん、お前を連れ戻しに来たのだ」

「え？　だって……」

「まずは城に戻ろう、話はそれからだ」

フランソワは片手でカロリーヌの腰を抱き、片手で手綱を操り馬首を返した。

「はっ」

声をかけてフランソワが馬の腹を蹴る。馬がギャロップで駆け出した。

「振り落とされぬよう、私の腕にしっかりつかまっていろ」

「は、はい」

カロリーヌは腰に回ったたくましい腕にぎゅっと縋り付く。

なにがなんだかわからないが、再びこの腕の中に戻れたのだということだけはわかった。じんと胸が熱くなった。

ほどなく、城の裏門が見えてくる。

門前に、マリウスが人待ち顔で立っていた。

二人の姿を認めると、彼は大きく手を振る。

「陛下、間に合いましたね。今なら奥城には王妃の息のかかった者はおりません。お急ぎください」

「うむ、馬は頼む、マリウス。後ほど、私の執務室で会おう」

フランソワはカロリーヌを横抱きにすると、ひらりと馬を飛び降りた。そのまま彼は、裏門から奥城への回廊を足早に進む。

カロリーヌはやっと我に返り、フランソワを見上げる。

「フランソワ様、どこへ？」

「私の部屋へ行く。そこで、お前にすべて話してやる」

秘密の通路を使いフランソワの部屋に辿り着くと、彼はカロリーヌを壊れ物のようにそっとソファに座らせた。そして、ぴったりと身を寄せて隣に腰を下ろす。

「ああカロリーヌ、悲しい思いをさせたな、すまぬ」

「――どうして私を連れ戻しに？」

「お前を愛しているからに決まっている」

「だって、ガブリエッラ王女様との婚約は？」

「馬鹿者。お前以外に欲しい女なぞいない」

フランソワがきっぱりと言った。

「お前を城から出したのは、周囲に私が本気でお前と婚約破棄したと認識させるためだった。そのため、お前にも真実を知らせないでいた方が真実味《しんじつみ》があると思ったのだ。お前は芝居のできる人間ではないからな。辛い思いをさせたが、ガブリエッラ王女と結婚する気など毛頭ないぞ」

「え――でも、それでは貨物船の身代金が払えず……それはいけません！」

「いや、お前も貨物船も両方手に入れる」

フランソワが自信満々の顔で言う。

「……」

「信じられないか？　私を信じろ」

「でも……」

「信じるか？」

彼の青い目がまっすぐにこちらを見つめてきた。そこには一点の曇りもない。

カロリーヌは胸がせつない喜びで掻き毟られる。

「信じます――でも」

「でも、なんだ？」

カロリーヌの目に涙が溢れる。

「私、私、フランソワ様を愛していないいなんて、ひどいことを言って、あなたを傷つけました。謝っても謝

りきれない……」

フランソワが晴れやかに笑う。

「お前が嘘をつけない女だと知っている。あんな心にもない言葉を言わせて、謝るべきは私の方だ。カロリーヌ、さぞ苦しかったろう？」

ほろほろと涙が零れた。

カロリーヌはフランソワの首に両手を回し、号泣した。

「ああ、ああ、許してください……あなたのためだと心を鬼にして、あんなことを言ったの。愛している、愛しています、あなたしか愛せない……！」

「わかっている、わかっているとも、カロリーヌ、わかっている」

フランソワはぎゅっと抱きしめ、カロリーヌの震える背中を繰り返し撫で摩った。

次第にカロリーヌの気持ちも落ち着いてくる。

「――私は、何をすればいいのですか？」

「うん――一週間だけ、この部屋に潜んでいてくれ。お前は城を出て、かつての侍女仲間の家を頼って田舎へ行ってしまったということになっている。お前の友人にもすでに連絡をし、二つ返事で快諾をしてもらった」

「もしかして、エーメが？」

「そうだ。お前はよい友人を持っているな」

「はい」

カロリーヌは底抜けに明るいエーメの顔を思い出していた。

「では、私はここに待機していればいいのですか？」

「そうだ。一週間後の結婚発表の日には、すべてを解決し、お前をあの場に連れ出す。そのために、最高に美しくなるよう自分に磨きをかけておけ」

「――わかりました」

カロリーヌは小さな拳でぐいっと涙を拭う。

「もう泣いたりしません」

フランソワがぐっと胸を打たれたような表情になる。

「お前のそういう健気な強さに心が鷲掴《わしづか》みにされるのだ」

フランソワがカロリーヌの小さな顔を両手で包み込み、仰向かせた。

「あ……」

そのまま唇が重なった。

「ん……っ」

熱い唇が、何度も角度を変えて触れてくる。

心地よい感触に、カロリーヌは陶然として我を忘れた。

彼の舌が唇を割って入り込み、舌を捕えてくる。

「ふ……ん、んんぅ……」

舌が絡み合い、いつしか夢中になって深い口づけに耽溺《たんでき》してしまった。

背中から腰が甘く痺れ、幸福感に目眩がしそうだ。

長い口づけの果てに、カロリーヌがくったりとフランソワの腕の中に身を委ねると、唇がゆっくり離れた。

「そのとろんとした目──誘い込まれる──カロリーヌ」

フランソワの両手が、カロリーヌの華奢な肩を滑るように撫で下ろす。

その感触だけで脈動が速まり、息が乱れる。

落ち着こうとそっと目を閉じると、フランソワの密《ひそ》やかな呼吸が近づいてくる。

柔らかく温かい唇が、額に、頬に触れてくる。触れられた肌がかあっと熱くなる。

再び唇が重なる。

びくりと身体が竦んだ。

フランソワの唇が何度も掠めるような口づけを繰り返す。

「ん……ん……」

甘い口づけの感覚に、自然と口唇が開く。

と、彼の濡れた舌が唇をなぞった。

「あ」

艶かしい感触に、思わず声が出た。

するりとフランソワの舌が口腔へ忍び込んでくる。

「ふ……ぁ、ぁ」

フランソワの舌が、ゆっくりと歯列を辿り、歯茎から口蓋まで丁重に舐め回してくる。先ほどの貪るような口づけではなく、カロリーヌの感じやすい箇所をまさぐるような舌の動きだ。

強いお酒を呑んだみたいに、頭がぼうっとしてくる。

やがて男の舌は、口腔の奥で縮こまっていたカロリーヌの舌を探り当てる。

つんつんと舌先でノックされ、おずおずと舌を差し出すと、彼の舌が絡んでくる。

「んぅ……ん、んん」

引き出された舌を、ちゅうっと音を立てて吸い上げられた。

「ふあ、あ、んんっ、んう」

舌を吸われるたびにうなじのあたりが熱を持ち、それが心地よい刺激を生み出して全身に甘やかに広がっていく。

息を詰めているので、苦しくて喘いでしまう。

「ぁ……ん、んん、ぁん……」

漏れる声に、官能の妖しい響きが混じっているのが自分でもわかる。

フランソワの片手がカロリーヌの後頭部を抱え、逃さないとばかりに固定する。

もう片方の手は、背中をねっとりと這い回る。

「……は、はぁ……ぁ」

ぞくぞく淫らな痺れが下腹部に走っていく。

いつにも増して長く濃厚な口づけに、カロリーヌの四肢から力が抜けていく。

力を失ったカロリーヌの身体を、フランソワはぎゅっと抱きしめてきた。

硬く引き締まった男の肉体に密着して、カロリーヌの脈動はますます速まった。

そして、フランソワの鼓動が自分と同じように忙《せわ》しなく打っているのを知る。二人の気持ちが共鳴してるのを感じて、胸がきゅんとする。

そうしている間にも、フランソワの深い口づけは続く。

濡れた舌が擦れ合い、くちゅくちゅと卑猥な水音が立ち、カロリーヌの鼓膜を官能的に刺激する。

嚥下し損ねた唾液が口の端から溢れてくるが、それを押しとどめるすべもない。

「んぅ……は、はぁ……ぁ」

口づけの快感に、頭が蕩けてしまう。

フランソワは何度も顔の角度を変えては、カロリーヌの舌を存分に蹂躙する。

長い長い時間が過ぎたように思われた。

ちゅっと音を立ててフランソワの唇が離れた時には、カロリーヌはぐったりと彼の胸に倒れこんでしまう。

「お前の舌は甘くて、いくら味わっても足りぬ、カロリーヌ」

フランソワが耳元で甘くささやき、カロリーヌの溢れた唾液を啜《すす》り、長い髪を優しく撫でる。

「……ぁ、あぁ……あ……」

カロリーヌは潤んだ眼差しで、フランソワを見上げた。

美麗な彼の目元がかすかに染まり、熱っぽい青い目には猛々《たけだけ》しい欲望の色が浮いている。

「カロリーヌ、カロリーヌ、もっとお前に触れたい――深く愛したい」

フランソワの手がカロリーヌの背中を支えて、ゆっくりとベッドの上に仰向けにした。

「あ……」

ドレスを手際よく剥ぎ取られて、一糸まとわぬ姿にされた。

露わになった乳房が、浅い呼吸に小刻みに上下する。

フランソワがのしかかるようにして、見下ろしてくる。

もう幾度となく身体を重ねているのに、裸体を見られることにはまだ恥じらいがある。

「いつ見ても綺麗だ――お前の肉体は、神の作った最高の芸術品だな」

フランソワが感嘆したようにつぶやく。

「や……あんまり、見ないでください……」

彼の視線が肌に突き刺さるようで、心臓のドキドキが止まらない。思わず両手で乳房を覆い隠そうとする。

「だめだ、全部見せるんだ。カロリーヌ、なにもかもだ」

フランソワの両手がカロリーヌの手首を掴み、左右に押し広げてしまう。

「……うう……」

まだ触れられてもいないのに、興奮で乳房の頂がツンと尖ってくる。

それも恥ずかしさに拍車をかける。

「触れてやろう」

フランソワがそっと手首を解放し、そのまままろやかな胸のふくらみをすっぽりと手で包み込んだ。

「あっ、あ……」

そのまま乳房の感触を確かめるみたいに、やわやわと揉みしだかれた。

「なんと柔らかい。指の間で蕩けてしまいそうだ」

フランソワの声が浅い呼吸で乱れた。

「心地よい――お前はどこもかしこも柔らかく、触り心地がよい」

フランソワの手入れの行き届いた人差し指が、乳首を探り当て、くりくりと転がしてきた。

「や、あ、ぁ、あ」

じんと甘い刺激が子宮の奥に走り、淫らな気持ちが煽られる。

「どんどん硬く尖ってきたぞ、カロリーヌ、もう感じている？」

フランソワはカロリーヌの反応を窺うように顔を覗き込み、すっかり凝って鋭敏になった乳首を指先でこじったり、円を描くように撫で回してくる。

フランソワに抱かれる前は、そんな小さな胸の突起が淫らな疼きを生み出す器官だなんて、知りもしなかった。

乳首だけではない。髪の一本一本、爪先まで、フランソワに触れられると快感を生み出す猥《みだ》りがましい器官にすり替わってしまうのだ。

乳首をいじられるたび、下腹部のはしたない部分がきゅうんとむず痒くなり、せつなくひくつくのがわかる。次第に居ても立ってもいられない気持ちになり、腰がもじもじ蠢《うごめ》いてしまう。

「ぁん、だめ、そんなにしちゃ……あ、ぁぁん、あ、ん」

「なんて悩ましい声を出すんだ、カロリーヌ、気持ちよくなってきたか？」

快感を想うさまに口にするには、まだ羞恥心が残っている。カロリーヌは頬を上気させ、目を伏せる。

するとフランソワはやにわに乳首をきゅっと抓り上げた。

「つぅっ、ひ、ぁ」

一瞬の痛みに目を見開き、悲鳴を上げる。

だがすかさず、じんじん疼く乳首をあやすように抉られると、ぞくりとした快感が背中を走り抜けた。

「は、あぁ、も、触らないで……お願い……」

息を乱して訴えると、フランソワは官能の塊と化した乳首を爪弾きながら、耳元に顔を寄せて響きのいいバリトンの声でささやく。

「では、舐めてやろうか？」

「え？　あ、待って、それは……」

もっと感じてしまうから――。

フランソワは両手でふくよかな乳房を掬い上げ、寄せた乳首の先端に交互にちゅっちゅっと口づけをしてきた。

「あっ、あ？　あ、や……」

唇の柔らかな感触に、乳首がさらに疼いて、その熱い疼きが全身に拡《ひろ》がっていく。

フランソワは片方の乳首を指でいじりつつ、もう片方を咥え込んできた。

濡れた舌が、鋭敏な乳首を舐め回してくると、指で触れられるよりもさらに強い快美感が襲ってきた。

「やあっ、ぁあ、あ、だめ、あ、そんなに舐めちゃ……っ」

びくびくと背中を仰け反らせて身悶えると、フランソワはさらに先端を吸い上げたり、ぬるぬると舌を這わせたりして、心地よさを増幅させてくる。

「ん、んん、んぁ、だめ、あ、も、やめ……て、ぁ、ぁあ」

耐えがたいくらいに下腹部の疼きが強くなり、膣壁がきゅうきゅう締まり、せつなさが頂点に達した。甘い疼きに追い立てられて、このままではおかしくなってしまいそうだ。

「フランソワ様、もう、やめて……お願い、もう、変に……私、変に……」

首をイヤイヤと振って、息も絶え絶えで訴える。

フランソワは乳房の狭間からわずかに顔を上げ、熱っぽい眼差しで見上げてくる。その視線の熱さに耐えきれず、目を伏せながらつぶやく。

「どうした？　乳首だけで達してしまいそうか？」

その通りだが、カロリーヌは真っ赤になって答えられない。

太腿の狭間がすっかりぬるぬるしているのがわかる。

「さっきから、腰が物欲しげにくねっている」

フランソワは片手をカロリーヌの下腹部に這わせると、柔らかな太腿を撫で回す。恥ずかしさに、思わずぎゅっと足を閉じ合わせた。

「いい子だ、カロリーヌ、足を開いて、見せてごらん」

「や……」

羞恥で余計に足に力が入ってしまう。

「恥ずかしくないから」

フランソワの大きな手が、強引にカロリーヌの太腿を割り開き、あらぬ部分に指を伸ばしてきた。

「あっ、だめ……っ」

拒む前に、フランソワの左の脛がカロリーヌの足に絡んで、押さえ込んでしまった。

彼の指先がさわさわと薄い下生えを撫で回す。

そして、閉じた割れ目にそっと触れてきた。

「はぁっ、あっ」

淫らな快感が走り、カロリーヌはびくんと腰を浮かせた。

フランソワのしなやかな指が、花弁をそっと押しひらくと、ぬるっと滑る感触がした。

「や……っ」

「ほら、もうぐっしょりだ」

耳元でフランソワがため息とともに薄く笑う。

彼の指が蜜口の浅瀬をくちゅくちゅと掻き回した。

疼き上がった陰唇に触れられると、淫らな愉悦が生まれてくる。

「……あ、あぁ、だめ、そこ、いじっちゃ……ぁ、あぁん」

「なぜ？　どんどん溢れてくる。気持ちいいと、お前のここが言っている」

フランソワは片手で媚肉を上下に撫で回す。確かに新たな愛蜜が溢れてきて、彼の指の動きがどんどんなめらかになる。同時に、淫らな快感が強くなる。

「ん、んぅ、だめ、あ、や、あぁ……あぁあ」

得もいわれぬ喜悦に、秘められた場所が嬉しげに綻び、フランソワの指を求めるようにひくついてしまう。

「素直で可愛い身体だね。私の指にこんなにも熱く反応して――」

フランソワは嬉しげにつぶやき、再び乳首を口唇に咥え込む。

「あん、いやぁ、もう舐めないで……あ、は、あぁ、はぁあ」

乳首と秘裂を同時に刺激され、カロリーヌはさらに官能の悦びに乱れてしまう。

隘路からさらにとろりと蜜が溢れ、自分ではどうすることもできない。

戸惑いながらも、与えられる快感には逆らえないまま身を任せていた。

と、濡れたフランソワの指先が、割れ目をゆっくり上ってきて、行き着く先に佇んでいた小さな突起に触れてきた。

「――ッ！　ああっ、あああぁっ」

雷にでも打たれたようにビリビリとした鋭い快感が走り、カロリーヌは目を見開いて甲高い嬌声を上げ、瞬時に達してしまった。

「ふふ、今達したね？」

カロリーヌの顕著な反応に気を良くしたのか、顔を上げたフランソワはこちらの様子をじっと見つめながら、さらに膨れた秘玉をいじってくる。

淫蜜で濡れた指先が充血した蕾を、触れるか触れないかの力で擦ってくると、凄まじい快感が次々にそこから脳芯を駆け抜ける。

「あっ、あ、だめ、あ、や、そこ、弱いの、あ、だめぇ……っ」

耐えがたいくらいの強い愉悦なのに、腰はもっとしてほしいようにくねってしまう。

「だめではない、カロリーヌ、もっとしてやる。もっと気持ちよくなって――」

フランソワは後から後から溢れてくる愛寄を指の腹で掬っては、はちきれんばかりに膨れた陰核に塗りこめるようにぬるぬる触れてくる。

「やぁ、あ、あ、どうしてぇ……こんなの……あぁ、だめになって……あ、は、はぁあ」

内腿は溢れる愛液でびしょ濡れになってしまった。

そして、蜜口よりもっと奥の媚肉が、ひくひくとわななき始める。

これ以上気持ちよくされたらおかしくなってしまうと思うのに、隘路の奥が灼けるように熱くなって、何かを締め付けたいようにきゅうきゅう収縮する。

その性的な飢えで、下腹部につーんとした痺れが走る。頭が快感で真っ白になって、自分がはしたなく喘いでいる自覚もなくなる。

「ああお前の中が熱い――指を引き込もうとする――もっとだね、もっと悦くして上げる」

フランソワの声も欲望に掠れている。

彼ははちきれそうに膨らんだ秘玉を指でそっと押さえると、そこを小刻みに揺さぶってきた。

「ひゃ、あ、あぁ、だめ、それ、やぁ、だめぇっ」

振動が腰骨に直接響くような激烈な快感が生まれ、カロリーヌは涙目になって頭を左右に振り立てた。長い金髪がぱさりぱさりと波打つ。

「だめじゃない、すごく悦いのだろう？　もっとしてほしい？」

フランソワが耳殻を甘噛みしながら、熱っぽい声を耳孔に吹き込む。その息遣いにすら、ぞくぞく背中が震えた。

「いやぁ、だめ、やめて……もう達ったからぁ……いやぁ」

我を失いそうで、カロリーヌは甘くすすり泣きながら訴えた。

「嘘つきだな。そんなことを言えないようにしてやる」

フランソワは意地悪くつぶやき、親指に替えて陰核を揺さぶりながら、長い人差し指をぬくりと媚肉のあわいに押し込んできたのだ。

「あっ？　だめえ、指……挿入《い》れちゃ……あ、あ、ああ……」

骨ばった指がうねる濡れ襞の中を、探るように侵入してくる。

そのまま、ゆっくりと指が抜き差しされてきた。

「だめぇ、あ、やめ……ぁ、は、ぁあ、あ」

熟れた胎内を埋められる悦びに、腰がひとりでに浮いた。

疼き上がった媚肉を指で擦ら続けると、重苦しい快感が生まれてきて、陰核の強烈な愉悦と混ざり合い、カロリーヌを翻弄する。

「も、やめ……おかしく……あぁ、もう、だめぇ、おかしくなって……」

カロリーヌは目を強く瞑り、襲ってくる濃密な喜悦に耐えようとする。

「いい、おかしくなっていいから、カロリーヌ、もっと乱れろ」

フランソワはさらに指の動きを速めた。くちゅくちゅと猥雑な水音も、興奮に拍車をかける。

「あ、あぁ？　あ、あ、だめ、あ、だめ、すごい、あぁああ」

お尻の辺りから、熱い塊のようなものが迫り上がってきて、意識を攫《さら》っていくような気がした。

耐えきれない快感を終わらせようと、膣壁が忙しなく収斂《しゅうれん》してフランソワの指を締め付けた。

目の前がちかちかして、全身が強張る。

きつく閉じた眦から、生理的な涙がぽろぽろ零れた。

愉悦の崖にてっぺんから、真っ逆さまに突き落とされるような感覚に、一瞬何が何だかわからなくなる。

カロリーヌがこれまで経験したことのない熱い感覚が、全身を駆け巡った。

「も……あ、あ、あ、は、はぁあっ……っ」

びくんびくんと腰が大きく痙攣した。

息が詰まる。

「あ……あ、ぁ……ぁあ……」

ふわりと意識が戻ると同時に、ぐったりと力が抜ける。

「は、はぁ、は、はぁあ……」

呼吸が再開され、思考が戻ってくる。

おずおず目を開けると、フランソワがまっすぐ見下ろしていた。

まだ彼の指が胎内に挿入されたままで、感じ入った媚肉がぴくぴく名残惜しげにそれを締め付けている。

「達するときのお前の顔は、なんていやらしくて美しいのだろう。私だけが知っている、お前のもう一つの顔――」

フランソワが感慨深い声で言う。

「いやっ……言わないで」

はしたなく乱れた顔を見られた恥ずかしさに、カロリーヌは顔を外《そ》らせた。

「今度は、私自身を挿入《い》れてやろう」

フランソワが指をゆっくりと引き抜いた。

「あ、ん……」

異物が抜け出て行く喪失感にすら、甘く感じてしまう。この状態にまで追い詰められると、カロリーヌは何をされても官能の悦びに震えてしまう。

フランソワが身を起こし、そのままカロリーヌに覆いかぶさってきた。

彼の筋肉質の足が、カロリーヌの両足の間に入り込み、大きく開かせた。

「あ……」

そして、やっと彼のもので満たされるのだという卑猥な期待に、媚肉がきゅうんと締まった。

「カロリーヌ、カロリーヌ。私の唯一の乙女」

フランソワは、汗ばんだ額に張り付いたカロリーヌの後れ毛を、愛おしげに掻き上げた。

「お前の中に、挿入《はい》るぞ」

頬や唇に口づけの雨を降らせながら、フランソワが腰を入れてくる。

「あ、ん」

綻んだ花弁に、熱く硬い肉塊が押し付けられた。

ぞくりと子宮の奥が慄いた。

愛する人の欲望を受け入れるこの瞬間、あまりに幸せで全身が蕩けてしまいそうになる。

カロリーヌは目を閉じ、おずおずと両手をフランソワの背中に回した。

「来てください……フランソワ様」


その一週間の間。

カロリーヌはフランソワの部屋に潜んでいた。

フランソワはガブリエッラ王女との婚約を発表した。無論それがフランソワの計略の一環であると知らされていたので、カロリーヌは動揺することはなかった。

フランソワはマリウスとしきりに打ち合わせを繰り返し、王妃に悟られぬように秘密裏に部下たちを動かしていた。

ガブリエッラ王女は嬉々《きき》として入国し、すっかり許婚者気取りであった。

フランソワはガブリエッラ王女のご機嫌を取るのに四苦八苦らしい。だが、ガブリエッラ王女との仲を深めたふりをして、ローザ王妃を油断させる必要があるため、彼は必死で体調不良と戦っていたのだ。

彼を労わるためもあり、夜はフランソワとカロリーヌはシーツの海に沈み込み、官能の悦びを深め合った。

来るべきその日に向け、二人は何度も話し合い身体を重ね、愛の絆を深めたのだ。

そして、フランソワは宣言した通り、一週間の間にすべての陰謀を解決することに成功した。

――いよいよ、結婚発表の当日となる。

人払いした奥城の化粧室に、カロリーヌがいた。

信用の置ける侍女たちが、カロリーヌに準備されていた豪華なドレスを着付けている。

フランソワが選んだカロリーヌの白い肌が一番映えるサーモンピンク色のドレスだ。これまでは、襟《えり》の詰まった袖の長い清楚《せいそ》なデザインのドレスばかりだったが、今回は袖無しで襟ぐりの深い肌の露出の多いスタイルだ。少し気恥ずかしいが、これまでのカロリーヌの印象をガラリと変えたいのだという、フランソワの意図を読み取る。

着替え終わると、化粧鏡の前に座ったカロリーヌに、化粧係の侍女がたずねてくる。

「髪型はいかがしましょう？　お化粧はなさいますか？」

カロリーヌは目の前の鏡に映る自分の目を見つめながら、きっぱりと言った。

「髪型は最新流行の頭の上でふっくら盛り上げて、後ろに巻き髪を垂らすスタイルで。お化粧もお願いします。うんと艶やかにしてください」

思い切って化粧をすることにしたのだ。これまで素顔を通してきたが、人生最大の勝負の日には、化粧も武器の一つになると思った。

もしかしたら、化粧品がフランソワの体調を崩してしまうかもしれない。賭けに近いが、自分が装うのならフランソワには影響がないのではないかと考えたのだ。

すべての支度が完璧に整い、そのまま部屋で待機していると、礼装姿に着替えたマリウスが呼び出しにやってきた。

「カロリーヌ様、お時間です——おお、これはまたお見事な出来栄え」

マリウスはカロリーヌのドレス姿に感嘆の声を漏らした。

カロリーヌは顎を引き胸を張る。

「これでよろしいでしょうか。フランソワ様の望み通りになりましたか？　お化粧も少ししましたが、フランソワ様に影響がないとよいのですが」

マリウスが眩しげに目を細める。

「充分以上です。なにより、神々しいばかりの気品。これればかりは、いくら着飾っても身につくものではございません。お化粧も、おそらくカロリーヌ様であれば支障ないと推測いたします。ではカロリーヌ様、いざ参りましょう」

マリウスに案内され、今まで通ったことのない回廊を進む。

歩きながらカロリーヌはマリウスにそっとたずねる。

「私、うまくやれますでしょうか？」

マリウスは前を向いたまま、慇懃に答えた。

「フランソワ様がお呼びになったら、そのまま中へ入って、まっすぐフランソワ様の元へ歩いて行かれればよいのです。堂々と臆することなく」

カロリーヌはうなずく。

「わかりました」

マリウスがちらりとこちらに視線を寄越した。

「私などが言わずもがなです、カロリーヌ様、もはやあなた様は王妃のお顔をなさっておられる」

それは褒めすぎだと思ったが、カロリーヌは自分でも不思議なくらい落ち着いていた。

フランソワを信じて、彼の元へ歩いて行くだけだ。

大広間の扉の前まで辿り着くと、足を止めて呼吸を整えた。

後は、フランソワからの迎えを待つだけだ。

側に控えていたマリウスが、ぽつりと独り言のように言う。

「カロリーヌ様、ガブリエッラ王女はまだお若く、恋に恋する年頃なのです。本来は、自分のお気持ちに素直な純粋なお方です。あのお方は陰謀に巻き込まれただけなのです。どうか王女のことを、お恨みならないようにお願いします」

カロリーヌはマリウスの知的な横顔を見遣った。

もしかして、彼はガブリエッラ王女に密かに好意を抱いているのだろうか。

「無論です。私は誰も恨んだりしません」

優しく声をかけると、マリウスがほっとしたように息を吐いた。

その時、カロリーヌの背後から威厳のある男性の声がした。

「失礼。貴女がフランソワ王子殿下の元婚約者であられるか？」

カロリーヌはハッとして振り返った。

そこには、ナタージャナ国の礼装に身を包んだ、威風堂々とした壮年の男が立っていた。

彼はナタージャナ国王であった。

カロリーヌはフランソワから教わっていた現代史で、現ナタージャナ国王の肖像画を見ていたので、すぐにその人だとわかった。

なぜここにナタージャナ国王が？　と一瞬、狼狽えた。

「貴女がフランソワ殿下の想いびとであろうか？」

威厳のある声に、カロリーヌは恐れ多くて足が震えてくるが、それを表には出さずに優美に一礼した。

「御意。カロリーヌ・ド・ヴィエと申します。ナタージャナ国王陛下」

「ほお——私を知っておられるか？」

「恐れながら——フランソワ様に付いて、大陸の各国の成り立ちや歴史などを少しばかり学びました。陛下のお国のことも存じております」

「なるほど。聡明なお方だとみられる」

ナタージャナ国王はしばし考え込むように黙ってから、おもむろに口を開いた。

「どうぞ面を上げてください。立ち話で申し訳ないが、フランソワ王子殿下について、あなたの知っていることを話していただけるかな？　その——我が娘が我を失うほど夢中になっている人物について、女性の意見をお聞きしたい」

カロリーヌはゆっくりと顔を上げる。

厳しい雰囲気の国王だが、顔に憂いが浮かんでいる。父親の顔だ。娘のガブリエッラ王女のことを心配していることがありありとわかる。

「かしこまりました。私の知っている限りの殿下のことを、申し上げます」

カロリーヌは敬意を払いながら、訥々《とつとつ》と話し出す。

フランソワのこの国への熱い想いを代弁するかのように――。

ナタージャナ国王は熱心に最後までカロリーヌの話を聞いてくれた。そして、

「フランソワ王子殿下という人間がよくわかった――ではご令嬢、失礼して、私はこれよりこの大広間の中に先に入ることにする」

ナタージャナ国王が目配せすると、侍従たちが音を立てないように大広間の扉を開く。

すると、ローザ王妃の尊大な声がここまで聞こえきた。

「証拠があるのか？　貨物船を襲ったのはナタージャナ国の兵士、それを隠匿したのもナタージャナ領海内であろう？　すべて、ナタージャナ国側の責任ではないか⁉」

ナタージャナ国を非難している。カロリーヌはどきんと心臓が跳ね上がったが、ナタージャナ国王は顔色一つ変えない。

彼は前に進み出て、重々しく声を発した。

「――なるほど。エタール国にはまったく非がないと。それがこの国の総意であるか」

そのままナタージャナ国王は悠々とした足取りで、大広間の中へ入って行った。

その瞬間、カロリーヌはすべて察したのだ。

おそらく、すでにフランソワとナタージャナ国王の間で何かしらの話がついているのだ。これは突然の来訪ではなく、フランソワが手回ししたことなのだ。

カロリーヌの目の前で静かに扉が閉じた。

もう、恐れまい。

カロリーヌは胸を張ってその場に佇んでいた。

きっともうすぐフランソワが迎えに来る。

ただその時を待てばよいのだ。


こうしてすべての事件が解決し、フランソリとカロリーヌの結婚は正式な発表となったのである。


——その晩の深夜。

湯浴みを終え、ゆったりした部屋着に着替えたカロリーヌは、城の屋上で夜風に当たっていた。

空には満天の星。そして煌々《こうこう》と輝く満月。

カロリーヌは手すりにもたれ、今日一日の激動のような出来事に思いを馳せていた。

「ああ……まだ夢の中の出来事のようだわ……」

ぼんやりと回想に耽《ふけ》っていると、ふいに、ふわりと肩に大きなガウンがかけられた。

「カロリーヌ、暖かい夜とはいえ、夜露は身体に悪いぞ」

フランソワがいつの間にか屋上に出てきていた。

「ごめんなさい、フランソワ様。でも、月があまりに綺麗だから」

カロリーヌが答えると、フランソワが背後からガウンごと抱きしめてきた。背の高い彼は、カロリーヌのつむじのあたりに顎を乗せるようにしてつぶやく。

「確かに、今宵《こよい》の月は格別に美しいな――だが」

フランソワはカロリーヌのつむじにちゅっと口づけをした。

「お前の美しさには、月も形無しだ。私はお前をずっと見ていたい」

臆面もなく褒められて、カロリーヌは顔を赤らめる。

「もう、恥ずかしいですから」

「ほんとうのことだから仕方ない。あの大広間でのお前の立ち姿。美の女神のようだった――ありがとう。ナタージャナ国王を懐柔《かいじゅう》してくれたのだな。お前とナタージャナ国王を引き合わせるため、国王が到着する時間にあの場にお前を待たせておいたのだ」

やはり、フランソワの計算通りだったのだ。カロリーヌは首を横に振る。

「私はフランソワ様の人となりを、誠意を込めてお話ししただけです」

フランソワはさらに強く抱き締めてきた。

「いや、お前がいなければ、あの場はもっと揉めていただろう――ナタージャナ国王は寛容なお方だが、愛娘《まなむすめ》を私が誘惑したのかしれないと疑念を持っていた。最後まで、私に与することを躊躇《ためら》われていたのだ。私は愛するのはお前一人だと告げていた。ナタージャナ国王がお前の人となりを知りたいと申されたので、これはもう、実際に国王にお前を会わせる方がよいと思った。国王はお前の人柄を知り、決断なされたのだ
――ありがとう、カロリーヌ」

カロリーヌはフランソワの腕に自分の手を添え、まだ知り得ていないことをたずねた。

「いつ頃から、ローザ王妃陛下とガブリエッラ王女殿下の謀みに気づかれてたのですか？」

「そうだな——ガブリエッラ王女が単身来訪した時からかな。お前と私の婚約を壊すために、ローザ王妃が招いたのは明らかだった。ガブリエッラ王女が私に心を寄せていることを知り、あの時に、ローザ王妃は王女を利用しようと企《くわだ》てたのだろう。いずれ二人が共謀して、なにかしらの事を起こすのではないかと、懸念はしていたのだ。恋に目が眩んだガブリエッラ王女もまた、被害者かもしれぬ」

カロリーヌは床にうずくまってすすり泣いていたガブリエッラ王女の姿を思い出し、そっとため息をついた。

「恋は人の心を惑わせます」

「そうだな。私もずっと、お前に惑わされっぱなしだ」

フランソワはカロリーヌの肩口に顔を埋め、洗い髪の香りを胸いっぱいに吸い込む。その息遣いに、カロリーヌの身体がじわりと熱くなる。

「そんな、私なんかに——」

「いや、お前に惑うことはとても心躍《こころおど》る。最初は清純で控えめな乙女だと思っていたが、芯の強い、時には驚くほど勇気ある女性だと知り、いっそうお前に心惹かれていった。お前と出会えて、私は人を愛する気持ちを初めて知ったのだ。ありがとう、カロリーヌ」

彼の高く硬い鼻梁が、すりすりとカロリーヌの首筋を撫でる。

「ぁ……私こそ——孤独で惨めな人生が、フランソワ様を愛することで、眩しいくらい明るく幸福なものに変わったのです。あなたに出会えてほんとうによかった」

「カロリーヌ」

フランソワが耳裏にねっとりと舌を這わせてきた。

「あっ、ん」

ぞくりと背中が震え、甘ったるい声が漏れてしまった。心臓がドキドキ高鳴る。

ぱくりと耳朶を咥え込まれ、熱い口腔内で飴玉《あめだま》をしゃぶるみたいに舐め回されると、ぞくぞく身体の芯が震えた。妖しい欲望が迫り上がってくる。

「や、だめ……」

身じろいで彼の腕から逃れようとした。

だがフランソワはさらに強く抱き締め、カロリーヌにぴったり密着してくる。屋上の手すりとフランソワの身体に挟まれて、身動きできない。

「だめではないだろう？　策略が成功したあかつきには、お前を嫌というほど抱くと言った」

「で、でも……あっ……」

フランソワが下腹部をカロリーヌの臀部《でんぶ》に押し付けてきた。薄い部屋着越しに、熱く硬化している彼の欲望をありありと感じ、血流が速まる。

「ほら、もうお前を欲しくてがまんできなくなっている」

フランソワが腰を押し回すようにして、尻に擦り付けてくる。

「だめ、こんなところで……」

「かまうものか、ここならお前と二人きりだ」

やにわにフランソワの手が胸元に回り、薄い布越しに探り当てた乳首をきゅっと摘んだ。

「あ、ん」

むず甘い刺激に、ぴくんと腰が浮いてしまう。

フランソワは両手で左右の乳首を摘んで、きゅっきゅっと軽く扱《しご》く。

「あ、ぁ、ん、や、ぁ」

鋭い快感が下腹部を次々襲い、カロリーヌは小刻みに肩を震わせ、身を竦める。

「ふふ、もうこの小さな蕾がコリコリに勃ち上がってきた。お前だって、私に抱かれることを期待していただろう？」

意地悪く言われ、カロリーヌはかあっと身体が熱くなる。

「そ、そんなこと、言わないでください」

「ふふっ、嘘がつけないお前が、可愛くてしかたない」

フランソワはほくそ笑み、カロリーヌの耳の後ろからうなじにかけて唇を這わせた。

「冷たく白い肌が、欲情すると熱くピンク色に染まっていく。とてもいやらしくて、そそる」

ちゅうっと音を立てて首筋の柔らかな肌を吸い上げられ、鋭い痛みに大きく身体が跳ねた。

「あっ、ん」

「そら、ここに私のものだという刻印が押された」

フランソワは満足げにつぶやき、カロリーヌの首筋を繰り返し吸い上げ、赤い痕を散らした。そうしている間にも、布越しに乳首をいたぶることはやめない。摘み上げたり指先で抉ったりされた乳首は、すっかり熟れて快感を生む鋭敏な器官に成りかわる。

「つ、や、あ、あぁ、いやぁ、んん……」

下半身の奥が熱く疼いてしまい、全身が昂ぶってしまう。

「甘い声を出して――これでもいやだと言うのか」

フランソワの右手がカロリーヌのガウンをかいくぐり、部屋着の裾を大きく捲り上げた。ひんやりした大きな手が、素足を太腿に向かって撫で上げてくる。湯浴みをすませたばかりで、下履きは着けていなかった。

「あっ、あ、ぁ」

焦らすみたいに内腿を行ったり来たり撫で回され秘裂がうずうず焦れる。

まだ触れられていないのに陰唇がじっとり濡れてしまっているのがわかり、腰がもじついた。

「ふふ、感じているんだろう？　正直に言えばいいのに」

フランソワは鋭敏な乳首を指の腹で撫で擦《さす》りながら、耳孔に舌先を押し込んで舐め回した。その刺激にも甘く感じてしまい、淫らな欲望が抑えきれない。

「や、やぁ、は、はぁ、あ……ん」

「そんな悩ましい声を出して――こちらが堪らないだろう？」

太腿を撫でていた手が、ゆっくりと割れ目に伸びてくる。和毛を掻き分け、手慣れた仕草で割れ目に触れてきた。その感触だけで、ぶるりと腰が震えた。

「あっ、んん、んんぅ」

「ほらもうぬるぬるになっている」

フランソワは嬉し気な声を出し、蜜まみれになった指先で、綻んだ花弁を上下に撫でていく。

「はぁ、あ、あ、だめ……あ、ぁあ」

疼く蜜口を掻き回され、媚肉が快感にふっくら熟れていく。

「熱い――こんなに濡らして――欲しくてしかたないようだな」

くちゅくちゅと淫水の弾ける卑猥な音が響いた。

「んんぅ、は、はあ、だめ……ぁあん」

全身が甘い疼きに支配され、物欲し気に身体がくねってしまう。

「素直で可愛い身体だ――私の指に正直に反応する」

フランソワの中指が、溢れる淫蜜をたっぷり掬い取り、敏感な花芽に触れてきた。

「あっ、あ、そこっ……」

痺れる快感に、背中が弓なりに仰け反った。

とろりと恥ずかしい蜜が媚肉の奥から溢れてきて、股間はびしょびしょだ。

「いやらしい甘酸っぱい匂いがしてきた。男を誘ういけない匂いだ」

フランソワがわざとらしくくんくんと鼻を鳴らす。

「いやぁ、言わないで……」

恥じらって頬を上気させる。

「もっとお前を見せてくれ」

フランソワがカロリーヌを抱き込んでいた腕を解いた。そのまま背後に跪く気配がした。

「あ？」

さっと部屋着の裾が腰まで捲り上げられ、外気に晒された下肢に、さっと鳥肌が立つ。

フランソワの両手が、むっちりしたお尻の割れ目を大きく押し開いた。

「月明かりに、お前の花びらが濡れ光って、この上なくよい眺めだ」

その角度からでは、震える太腿も濡れ果てた媚肉も、慎ましい後孔まで丸見えになっているだろう。自分から見えなくても、フランソワの視線が突き刺さる。

「あぁ、いや……そんな、見ないで……恥ずかしい……っ」

羞恥に身体中の血が沸き立つようで、頭がかっかと逆上《のぼ》せてくる。

「知っているぞ、お前は恥ずかしいとよけいに感じてしまうということをな。花びらが赤く染まって卑猥にひくひく震えて、私を誘っているぞ」

フランソワが言葉でいじめてくると、羞恥に目の前がくらくらして、でも媚肉ははしたなく愛蜜を噴き零してしまう。

「膝まで蜜を垂れ流して――もったいない」

股間にフランソワの熱い息遣いを感じたかと思うと、次の瞬間、ねっとりとうごめく舌が陰唇を這い回った。ちゅうっと淫蜜を吸い上げられてしまう。

「はあぅ、あ、あぁ、あぁん」

痺れる快感に、手すりにもたれてはしたない嬌声を上げてしまう。

「美味だ。命の甘露を、存分に味わわせろ」

フランソワはくぐもった声でつぶやき、無防備に戦慄く媚肉や充血した陰核を咥え込み、吸い上げる。

「……くぅ、あ、舐めちゃ……あぁ、は、はぁあ……」

ぬるつく舌が秘裂を舐め回し、鋭敏な花芽を吸い上げてくると、あまりに快感に足ががくがくと震えてくる。官能の塊と化した秘玉を、舌の腹で押し上げるように舐め上げられ、唇に挟まれて押しつぶされるように刺激されると、どうしようもなく感じ入ってしまい、とめどなく愛蜜が溢れ出した。

「……はぁっ、あ、だめ、い……い、あぁんだめぇ、感じちゃう……感じちゃうからぁ……」

激しい喜悦に頭の中が朦朧《もうろう》として、自分で何を言っているのかわからなくなる。

フランソワの口淫は巧みで執拗で、カロリーヌは手すりに縋り付いてぶるぶると内腿を慄かせ、艶かしい喘ぎ声を上げ続けた。

「も……やめ……あぁ、だめ……ぇ」

フランソワの舌先が秘玉の包皮を扱《こ》き下ろし、花芯を直に吸い上げてくると、耐えきれない悦楽に、軽く何度も達してしまう。

「あぅん、あ、は、も……あぁ、達って……あぁん、達っちゃう……ぅ」

カロリーヌは唇を大きく開き、赤い舌を覗かせてはあはあと喘いだ。悪戯《いたずら》な彼の舌は、ひくつく後孔まで伸びてきて、そこを突ついてくる。

「ひゃぅん、やぁ、だめぇ、そんなところ、舐めないでぇ……っ」

禁断の快感に、腰が大きく浮いた。

「ここも物欲し気にびくついている。欲張りな身体だな」

フランソワが掠れた声を出し、骨ばった指が媚肉の中心に押し込まれてきた。飢えて疼き上がった隘路は、嬉し気にその指を食む。

「きつく締めてくる――もう欲しくてしかたないようだ」

生暖かい舌が鋭敏な肉粒を舐めしゃぶり、長い指が媚肉押し広げるように出たり入ったりすると、激しすぎる愉悦にカロリーヌは息も絶え絶えになる。

「んぅ、んんぅ、は、はぁあ、あぁ、だめ……ぇ」

こんなにも気持ちよくなっているのに、貪欲な淫襞は、まだ足りないと言うようにきゅうきゅうと収斂を繰り返し、カロリーヌの劣情を追い詰めてくる。

「……ぁあ、もう……フランソワ様……もうっ……」

眦から生理的な涙が、ポロポロ零れた。

濡れそぼった指が、ぬくりと引き抜かれ、その喪失感にぞくぞく背中が震えた。思わず口走ってしまう。

「あ、いやぁ、抜いちゃ……っ」

「どうしたのだ？　いやらしいカロリーヌ。正直に言ってごらん」

フランソワが顔を離し、意地悪く聞いてくる。フランソワは指先で蜜口の浅瀬を、焦らすみたいにくちゅくちゅと撫で回す。

そんな中途半端な刺激では、身体がよけいに疼いて苦しいくらいだ。

「フランソワ様……ぁ、どうか、お願い……」

艶かしい声で懇願すると、彼がゆっくりと身を起こす気配がした。

「いい子だ、カロリーヌ。どうすれば欲しいものが手に入るか、可愛いお前にはわかっているよね。いやらしく私を誘ってごらん」

「う、あぁ……い、意地悪……」

カロリーヌは恨めし気に肩越しにフランソワを睨む。が、情欲で潤んだ瞳は誘うように揺れてしまう。

「意地悪な私も好きなくせに」

フランソワの眼差しも欲しくて堪らなそうにギラついているのに、あえてこうやってカロリーヌを追い詰めて楽しむのが彼のやり方だ。

羞恥心がさらに興奮を煽るのを彼は承知している。

「あ、あぁ……フランソワ様……」

カロリーヌはお尻を後ろに突き出し、両手を伸ばして陰唇に触れる。ぬるっと滑る感触に、ぞくんと背中が震えた。おずおずと、指で割れ目を左右に押しひらく。くぱっと奥まで開いた媚肉の奥から、とろりとした愛液が吹き零れる。フランソワの視線が、真っ赤に熟れた剥き出しの秘所に注がれているのを痛いほど感じ、被虐的な快感にさらに愛液が溢れてしまう。

「お願いです……ここに……私のここに、フランソワ様のモノを挿入《い》れてください……っ」

震える声ではしたない言葉を口にすると、秘裂がひくりと収縮する。

「なんていやらしくてそそるのだろう。可愛いカロリーヌ、いっぱい欲しいか?」

「はい、いっぱいいっぱい突いてください、奥までいっぱい……早くぅ」

もはや恥ずかしさより官能の飢えが勝り、もどかし気に尻を振りたてて催促した。

「いい子だ」

背後で密やかな衣擦《きぬず》れの音がしたかと思うと、フランソワの手がやにわにカロリーヌの柔らかな尻肉を掴んだ。そしてひくつく花弁に灼熱の欲望の先端が押し当てられる。

「はぁん」

入り口を亀頭の先でぬるぬる擦られただけで、そこから溶けてしまいそうなほど感じ入ってしまう。フランソワが少し腰を沈めれば、そのままずぶりと一気に呑み込んでしまいそうだ。

なのにフランソワは蜜壺《つぼ》の入り口で、くちゅくちゅと浅い出入りを繰り返す。カロリーヌの媚肉は、もはや苦しいほど蠢動《しゅんどう》する。

「あぁん、やぁ、フランソワ様、早くぅ、もう早く、ください……っ」

「いやらしいカロリーヌ、先端だけで達きそうだね」

「んぅ、ん、やぁっ、だめぇ、中に……奥に挿入《い》れて……っ」

思わず自ら腰を後ろに突き出して、彼の欲望を呑み込もうとした。その動きを待っていたかのように、フランソワが思い切り突き挿入《い》れてきた。

「あぁあああぁああっ！」

あられもない悲鳴を上げて、カロリーヌは瞬時に達してしまった。一瞬意識が飛んでしまうほどの、凄まじい快感に、全身が強張って慄いた。

「ああ、最高だ、お前の中は」

フランソワが深いため息をついて、腰を揺すり立てた。その動きで、無我の境地に飛んでいたカロリーヌは我に返った。

「あぁ、ああん、あ、あぁ……ん」

ずんずんと子宮口の入り口あたりまで抉られて、どうしようもなく感じ入ってしまい、はしたない嬌声が止められない。感じるたびにぎゅっと太い肉胴を締め付けてしまい、媚壁を擦り上げて抜き差しする感触が、堪らなく心地よい。

極限まで耐えていたフランソワの抽挿は激しく、荒々しい揺さぶりに身体がどこかに飛んでしまいそうで、カロリーヌは必死になって手すりにしがみついた。

「あぁ、あん、ぁあ、す、ごい、すごい……あぁ、感じちゃう……っ」

「お前の中もすごく熱くてきつくて、とても悦い」

「あん、んぁあ、嬉しい……はぁ、はあぁ、あぁぁ」

カロリーヌの甲高い嬌声、フランソワの低い呻き声、ずちゅんずちゅんと粘膜の打ち当たる音、二人の乱れた息遣い、淫らな音同士が共鳴し、夜のしじまに吸い込まれていく。

焦らしに焦らされてたカロリーヌの濡れ襞は、きゅうきゅう小刻みに収斂する。

「く――そんなに締めては、すぐに終わってしまうぞ」

フランソワがくるおしげに呻く。

「ぁあん、だめぇ……まだ、終わっちゃ、いや……もっと……」

もっともっと欲しくて、いやいやと首を振り立てる。

「ふふ――欲張りだな、カロリーヌ、そんなにこれがいいのか？」

フランソワは「これ」という言葉と同時に、腰の角度を少し変え、斜め下から突き上げてきた。

子宮口の少し手前の、深く穿たれると我を忘れてしまうほど感じてしまう箇所を思い切り突き上げられ、カロリーヌは悲鳴を上げる。

「やぁあっ、それ、だめぇ、あぁ、いや……だめぇ、だめなのぉ」

「もっととおねだりしたのは、カロリーヌだぞ。ほら、ここが悦いのか？」

フランソワはカロリーヌの尻をさらに引き付け、深々と挿入すると、腰を押し回すような動きで、奥を捏《こ》ね回してきた。

「あっ、あ、だめ、それ、あ、おかしく……なる……っ」

カロリーヌは頭が真っ白になるような凄まじい快感に、髪を振り乱して泣き叫んだ。

「悦いだろう？　おかしくなってしまえ、そら、もっとだ、もっと」

フランソワは容赦なくがつがつと腰を打ち付けてくる。

「ひあっ、ひ、ひぃ、あ、だめ、あ、すごい……だめ、も、あ、すごい……ぃ」

傘の開いた先端が、ごりごりと感じやすい箇所を抉ってきて、もはや自分の中のフランソワの灼熱の欲望しか感じられない。

激しく揺さぶられる動きに合わせ、無意識に媚肉がひくひくと反応し、吸い付くように蠢く。繋がっている部分から蕩けた愉悦が溢れ出すようだ。

「っ——カロリーヌっ」

フランソワの律動ががむしゃらな速さに変わっていく。

もはや彼も、カロリーヌを翻弄する余裕がないようだ。

奥を穿たれるたびに熱い快感が弾け、短い絶頂が繰り返し襲ってくる。

「あ、ぁあ、あ、達く、あ、また達っちゃう……あぁ、またぁ……」

絶頂を上書きされるたび、カロリーヌはどうしようもなく感じ入ってしまい、背中を仰け反らせてしまう。

ついに、最後の絶頂の大波が押し寄せてくる。

「あ、あぁ、だめ、あ、も、もうだめ、あ、もう、もう……っ」

カロリーヌの全身が硬直する。内壁が、限界を伝えるようにきゅんきゅんと収縮をし始める。

「く――私も終わるぞ――カロリーヌ、一緒に達こう」

フランソワが最後の仕上げとばかりに、最速で腰を打ち付けてきた。

「はぁ、はぁあ、あ、来て……あぁ、あ、一緒に……あぁ、フランソワ様ぁ」

瞼の裏で官能の火花が赤く散り、カロリーヌの濡れ襞がフランソワの剛直を絞り上げるように収斂した。

「あぁ、あ、達く、あ、達くぅ……っ」

「カロリーヌっ」

カロリーヌはびくびくと腰を痙攣させ、最後の絶頂を極める。

同時に、フランソワの欲望も終焉《しゅうえん》を迎え、どくどくと大量の白濁液がカロリーヌの最奥へ吐き出された。

「……ぁ、あ……はぁ……は……ぁん」

「ふぅ――っ」

二人は動きを止め、深く繋がったまま乱れた呼吸を繰り返す。

指一本動かせないほど消耗しきっているのに、膣壁だけが貪欲に蠕動し、フランソワの熱い飛沫を一滴残らず吸い尽くそうとする。

すべてが終わった後の、この瞬間、世界は完全に二人だけのものになったようで、カロリーヌは胸いっぱいに広がる多幸感に酔いしれた。

「――最高だった、カロリーヌ」

しばらくして、フランソワがゆっくりと腰を引く。抜け出ていくときの喪失感にも、ぞくぞく甘く震えてしまう。

「あ……ん」

まだ彼の肉棒の形に広がっている膣腔から、こぽりと愛液と精液の混じったものが溢れ出て、太腿を生暖かく濡らした。

フランソワの支えを失ったカロリーヌは、くったりとその場に頽《くずお》れそうになる。

その腰を、服を整えていたフランソワがすかさず抱き止め、正面向きにぎゅうっと抱き締めてくれた。

「愛している、カロリーヌ」

髪に顔を埋め、フランソワがささやく。

「私も愛しています、大好きです、フランソワ様」

カロリーヌは広い胸に顔を寄せ、答える。

「お前に出会えて、ほんとうに幸せだ」

フランソワが愛おし気に、汗ばんだ額や頬に口づけの雨を降らしてくる。

「私もです。あなた以外とはもう、生きていけないくらい、愛しています」

そう言って顔を上げると、夜空の星よりも美しいフランソワの瞳がこちらをじっと見つめていた。

「私もお前だけだ。生涯、女性はお前一人だ」

カロリーヌは胸に迫ってくる感動をどう伝えていいかわからず、うれし涙を堪えて見つめ返した。

「やはり、お前は素顔が一番綺麗だな」

フランソワがつくづく言うので、カロリーヌは顔を赤らめた。

ありのままの自分を褒められるのが、一番心に響く。

「でも、これからは公の席では、少しだけお化粧してもいいでしょうか？　マナーは最低限守らねばならないと思うのです」

カロリーヌが控え目に切り出すと、フランソワは、

「この綺麗な肌に白粉など塗りたくるのか」

と、不満気に唇を尖らせたが、すぐににやりとした。

「まあいい。この無垢な素顔を知っているのが私だけというのも、密かな喜びだ。素顔に戻ったお前を、めちゃくちゃに乱してやるのも、私だけの特権だからな」

彼はそう言いながら、カロリーヌの身体をひょいと抱き上げた。

「冷えてきた。それに、湯上りのお前を汚してしまった。もう一度湯浴みするといい」

「そうですね、そうします」

「もちろん、一緒に入るぞ」

「えっ？」

「なにを驚いている、夫婦になるのだ、そのぐらい当然だろう。疲れているだろうが、大丈夫、私が隅々まで洗ってやる」

「いえ……そういうことではなく……」

カロリーヌは口ごもってしまう。

「なんだ？」

「だって、絶対、いやらしいことをなさるでしょう？」

カロリーヌは上目遣いに訴える。

フランソワが声を出して笑った。

「ははっ、その通りだ。裸のお前を目の前にして、手を出さないわけにはいかない」

カロリーヌは顔を真っ赤にして、思わずフランソワの胸を小さな拳でぽかぽか叩いた。

「もうっ、少しは休ませてくださいっ」

「だから、お前はなにもしなくていいと言っている」

フランソワは平然として歩き出す。

「もう……っ」

カロリーヌは諦めて、フランソワの首に縋った。

「では、優しくしてくださいね」

彼の耳元でささやくと、フランソワの目元がうっすら染まった。

「お前という乙女は――」

彼が絶句しているので、カロリーヌはきょとんとした。

「え？　なにか、私、変なこと言いましたか？」

フランソワが苦笑する。

「まあいい、無邪気なのか小悪魔なのかわからないところもまた、お前の魅力だ」

「悪魔って——」

「ああすまぬな、天使、天使だ」

二人はとりとめのない会話を交わしながら、屋上を後にした。

月は、若い二人の甘い夜を祝福するかのように、さらに輝きを増すのだった。

最終章

即日、ローザ王妃は王位を返上し、息子のアルベルトと共に、自分の実家の公爵家の領地へ隠遁《いんとん》すると宣言した。

彼女はすべての王家の権利を放棄する旨の書類に署名をし、その日のうちに逃げるように王城を出て行った。

フランソワはローザ王妃に恩情をかけ、それ以上の彼女の罪を追求しなかった。寛容さを見せることで、王妃派の残党も彼の側に付けることに成功させたのだ。

数日後にはナタージャナ国から、奪われた貨物船と積荷が無事首都の港に到着した。

フランソワはその日のうちに、極北で発見した鉱脈の所有権を大陸全土の国々に主張し、正式に認めさせたのであった。

直ちにフランソワは、第二第三の貨物船の造船に乗り出す。

良質の石炭を大量に発掘できる権利を得たエタール国には、大陸中の銀行から融資の申し出が殺到し、資金繰りに苦しむことはなくなったのである。


さらに、ひと月後——。

長らく伏せっていた国王が意識を取り戻した。

国王は、フランソワからこれまでの国の混乱の経緯を詳しく聞き、自分は譲位して国王の座から降りることを決意する。そして隠遁後は、空気のよい山沿いの王家の別荘で、ゆっくりと療養することとなった。

次の国王には、第一王子フランソワが任命された。

程なく、フランソワ国王はカロリーヌと正式な婚姻を結び、彼女は晴れて王妃となったのである。

二人は首都の大聖堂で「世紀の結婚式」と呼ばれるようになる、華麗で豪華な結婚式を挙げた。

結婚の誓約を交わした後、国王夫妻は幌《ほろ》屋根のない馬車で首都の大通りをパレードした。

沿道には、国の経済を復興させた若き国王夫妻の姿をひと目見ようと、国中から民が集まった。

尽きることのない歓喜と祝福の嵐の中、フランソワとカロリーヌは人々ににこやかに手を振り続けた。

この日のカロリーヌは、手織りの総レースのウェディングドレスに身を包み、輝くばかりに美しかった。

頬を染めて少し恥じらうように手を振るカロリーヌの姿は、初々しく美麗だった。少し緊張している新妻を常に気遣って、優しく声をかけている凛々しいフランソワの姿もまた、人々の心に深く印象を残した。

国内から招待された賓客の中には、二人を心から祝福するエーメやマリーの姿もあった。


現在、王城の正面玄関のフロアの壁には、城の隅に放置されていた聖母子像の絵が綺麗に修復されて飾られている。

その絵の隣には、エタール国第十五代国王フランソワ一家の肖像画が飾られている。二人の十年目の結婚記念日のお祝いに、フランソワが描かせたものだ。

フランソワ王は威厳ある風格の美男子で、隣に寄り添う王妃カロリーヌは輝く金髪と透き通るように色の白い美女だ。そして、二人の間には、当時九歳の第一王子ジルベールと三歳の第一王女マリーローズがにこやかに立っている。王子は母によく似た金髪の美少年、王女は父親譲りの青い目の美少女だ。王女は一匹の黒猫を抱いている。

カロリーヌは結婚後、実家から侍女のマリーと老猫のノワールを城へ呼んだ。彼らは充分な待遇を受け、満たされた晩年を送った。その後、王家は代々黒猫をペットとして飼うようになったのだ。

王家一家のたたずまいは、この国の幸福の象徴のように愛と信頼に満ちている。

「女嫌い」と異名を付けられていたフランソワは、生涯、カロリーヌただ一人を慈しんだ。

カロリーヌはフランソワを支え、政務と子育てに追われながら、貧しい人々の地位向上に力を注いだ。

奨学制度を整え、向学心のある者なら誰でも教育を受けられるようにした。その事業の推進には、教育大臣の地位に就いたマリウスの尽力もあった。

特に、地位の低い女性教育に熱心で、後々、エタールは大陸一女性が社会で活躍する国として、名をはせるようになる。フランソワ王も、女性の社会進出を大いに後押しした。

カロリーヌの功績で、エタール国には続々と有能な人材が育ち、さらに国は発展していったのである。

月日は流れ――。

それは、国王夫妻結婚十年目のお祝いの日のことだ。

エタール国はこの十年で飛躍的に経済と文化を発展させ、国力を伸ばしていた。

フランソワ国王は革新的な着想と抜群の行動力で、国の最高指導者としてエタール国を牽引《けんいん》していた。彼を陰日向《かげひなた》に支えたのが、王妃カロリーヌである。

その国王夫妻の結婚祝いである。国を挙げて、かつてないほどの大々的な祝賀が執り行われた。国中の民が、国王夫妻の幸福と健康を心から祈った。

特に、王城のある首都での祝賀行事はそれはそれは盛況であった。

街中に国王夫妻の肖像画が飾られ、通りは飲み物や食べ物の屋台が軒《のき》を連《つら》ね、それらはすべてフランソワの計らいで無料で民たちに提供された。首都の中央の大広場には、終日王家所属の楽団が華やかな曲を奏で、人々はダンスに興じた。大広場には遊技場も設《しつら》えられ誰でも無料で楽しむことができた。

そして、大広場を見下ろす王城のバルコニーには、二時間おきに国王一家が姿を現し、民たちに手を振って挨拶をした。麗しい国王一家をひと目見ようと、国中から人々が押し寄せ、一日中歓呼の声がこだましていた。

目白押しだった祝賀行事をすべて終え、夜、フランソワとカロリーヌはゆったりとした部屋着に着替え、夫婦の応接間で寛いでいた。

カロリーヌは応接間の隣にある子供部屋を覗いて、戻ってくるところだった。

ソファに座り、二代目の黒猫ノワールを抱いて撫でていたフランソワが声をかけてくる。

「ジルベールとマリーローズはもう寝たかい？」

カロリーヌは笑みを浮かべてうなずく。

「二人とも、今日の祝賀会でそれぞれの役割を立派にこなして、満足げでしたわ。さすがに疲れたのか、二人とももうぐっすり」

フランソワはノワールを床に下ろすと、立ち上がった。

「そうだな、ジルベールの詩の朗読も、マリーローズのピアノの独奏もとても優れていた。出席していた来賓の方々も感心していた」

彼はカロリーヌに手を差し伸べる。

「お前のおかげで、子どもたちもすくすくと成長している」

カロリーヌは目元をぽっと染め、控えめに答える。

「いいえ、あなたのご指導もよろしいからですわ。二人とも、父王のことをとても尊敬していますのよ」

「そう言われると、素直に嬉しいぞ」

フランソワがカロリーヌを抱き寄せ、その滑らかに頬に唇を押し付ける。

湯浴みを済ませたばかりのカロリーヌの肌は、つやつやとしてほんのり薔薇色に染まっている。

「やはり、お前は素顔が一番美しいな。化粧をしている時より、ずっと若々しく魅力的だ」

カロリーヌは笑みを深くする。

「素直に、嬉しいです」

二人は顔を見合わせ、にっこり笑い合う。

フランソワがふと気がついたように言う。

「そうそう、私たちばかりめでたいのではない。マリウスも来年早々婚儀を挙げる。お祝いをなにか考えねばな」

カロリーヌがにっこりした。

「それならば、私がすでにお祝い品のリストを作成させております。近々、あなたの元へお届けするつもりでした」

フランソワが嬉しげにうなずく。

「さすが、我が愛しの王妃だ。手抜かりないな。それにしても——よもや、ガブリエッラ王女とマリウスが結婚することになるとはな」

彼はまだ信じられないと言った表情だ。

カロリーヌは悪戯っぽく笑う。

「私は前からわかっておりました。マリウスの誠実な想いが通じたのですわ」

十年前のローザ王妃の陰謀事件の後、マリウスは大臣としてナタージャナ国との交渉の全権を担い、何度もかの国に出向いていた。

その際、ガブリエッラ王女と次第に親睦を深めていったらしい。二人は静かに愛を育んでいた。

だが、先年ナタージャナ国王が大病を患い国政を退き、ガブリエッラは女王として即位することとなった。

その機に、マリウスとの婚姻を発表したのだ。

マリウスは女王の配偶者の王婿《おうせい》として、ナタージャナ国の王家の一員となるのだ。

フランソワは感慨深そうに言う。

「有能な臣下がいなくなるのは惜しいが、マリウスが王婿になれば、我が国とナタージャナ国との絆は確固たるものになり、両国の発展には実に望ましいだろう」

「その通りですわ。それに、若い女王を支えるのにマリウスほどふさわしい人物はおりません。ガブリエッラ女王は殿方を見る目があったのですね」

フランソワが苦笑する。

「彼女が私に熱を上げたのは、間違いではなかったと?」

カロリーヌはくすくす笑いながら、フランソワの唇にちゅっと軽く口づけした。

「それはそうです」

フランソワが破顔して、カロリーヌをぎゅっと抱きしめた。

「ふふ、愛しているよ、カロリーヌ」

「私も愛しています、フランソワ様」

「この先十年も、二人で共に歩んでいこう」

「はい。そして、次の十年も、その次の十年も——ずっと……」

「そう、ずっとだ」

二人はおでこをくっつけ合い、軽い口づけを交わしながら、何度も慈しみを込めてささやき合った。

そのうち、劣情が昂ったのかフランソワの濡れた舌が、カロリーヌの口唇を割って侵入してくる。ぬめぬめした舌の淫らな動きに、カロリーヌの身体も熱くなってくる。

「ぁ……ふぁ……だ、めです」

カロリーヌは身を捩ってフランソワの腕の中から逃れようとした。

「なぜだ？　もっとお前の美しい素肌を味わいたいのに」

フランソワが強引に抱きかかえ、容赦なく口腔に舌を押し込んできた。

「んんぅ、ふ……ぁ、だって……隣室に子供たちが……」

頬を染め声をひそめると、フランソワが意地悪い笑みを浮かべた。

「では、寝室へ行こう」

そう言うや否や、彼はひょいとカロリーヌを横抱きにした。

「あ……ちょ……」

止める間もなくフランソワはさっさと、部屋の奥の夫婦の寝室へ向かう。

「お前をたくさん愛したい——そして、もっと子どもを成そう」

耳元で甘く低い声でささやかれ、カロリーヌの身体の奥がつーんと疼いた。

寝室に入ったフランソワは、天蓋付きの大きなベッドの上にカロリーヌの身体を壊れ物のようにそっと寝かせた。そして、そのまま覆いかぶさって口づけの続きを仕掛けてくる。

「んふ、ぁ、あふ……ぁ」

性急な口づけに、嚥下し損ねた唾液が口の端から溢れてくる。フランソワはじゅるっと猥りがましい音を立てて、その唾液を啜り上げ、さらに深い口づけを繰り返した。そうしながら、彼の大きな掌がカロリーヌの華奢な腰の線を撫で下ろす。横腹が感じやすいカロリーヌは、思わずぶるりと胴震いしてしまう。

「二人も子どもを生んでも、まだ少女のように細い腰だな」

フランソワは、唇を首筋から耳元に押し付け、耳孔に低く艶めいた声を吹き込んでくる。熱い息遣いに、ぞくぞく背中が震えてしまう。

「そ、そんな……もう、若くないですし……」

「いや、年ごとにお前は魅力を増す。愛しい――いくら抱いても飽き足りないほどだ」

フランソワが部屋着の裾を捲り上げ、そろそろと指を太腿の内側に這わせてきた。その柔らかな刺激だけで、媚肉がうずうずと蠢いてしまう。

「あ、んん……」

「ふふ――身体が熱くなってきた」

フランソワの指は焦らすように核心部分を避け、さわさわと薄い恥毛を撫でたり内腿の柔らかな部分をノックしたりする。

「や……ぁ、あん、や……ぁ」

じっとりと媚肉が濡れてしまっている。

「お前の反応は、いつも初々しい――とてもそそる」

フランソワは薄い布越しに、ちゅっとカロリーヌの乳首を咥え込んだ。

「はぁんっ、あっん」

ぴりっと鋭い喜悦が走り、艶かしい声が漏れた。

フランソワの唾液で濡れた服布がぺったりと張り付いて、尖ってきた乳首がつんと浮き上がった。

「赤く色づいた乳首が透けて、ひどく扇情的だ」

凝った乳首をかりかりと甘噛みされ、じんとした痛みとともに被虐的な興奮が下腹部を遅い、媚肉が甘く痺れて悩ましく蠕動する。

「はぁっ、あ、ぁ、噛まないで……あぁ、だめ……」

熱く身体が火照って、焦《じ》れったい。腰が勝手に誘うように揺れた。

「触って欲しいか？」

熱を持った耳朶を濡れた舌がべろりと舐めた。

「ひゃぁんんっ」

耳が弱いカロリーヌは甲高い声を上げて、腰を大きく浮かせてしまう。

「もう、や……意地悪……しないで」

カロリーヌは潤んだ瞳でフランソワを見上げる。

フランソワが端整な面立ちを綻ばせる。

「触って欲しい？」

カロリーヌは顔を真っ赤にして、こくこくとうなずく。

「触って……ください」

「ああお前のおねだりは腰にくるな」

深いため息を吐いたフランソワは、やにわに陰唇に指を突き入れる。

「あっ、んんっ」

疼き上がった媚肉が嬉しげに彼の指を喰み、暴かれた花弁からとろりと濃い蜜が溢れ出る。

「もうすっかりびしょびしょだ——子を成してから、ますます熟れて、感じやすく濡れやすい。いやらしくて可愛い身体だ――私だけのカロリーヌ」

蜜口の浅瀬を骨ばった指がくちゅくちゅと掻き回す。

「は、ぁ、あぁ、はぁん」

じわじわと快感が迫り上がる。

濡れた指はさりげなく、欲情して膨れた秘玉に触れてくる。びりっとした刺激に、腰が大きく跳ねる。

「ひ、ぁ、あぁっ」

求めるように腰が突き出すが、フランソワの指はするりと秘裂に戻って、くぷくぷと愛蜜を泡立てるだけだ。綻んだ花弁がきゅうきゅうと開閉を繰り返し、彼の指を奥へ引き込もうとする。

カロリーヌは両手でフランソワの首にしがみつき、彼の耳元で掠れた声でささやく。

「あなた……お願い、もう焦らさないで……欲しいの」

言いながら、フランソワの耳朶をきゅっと噛んだ。そのまま耳殻に沿って舌を這わせる。彼も耳が弱いことを、カロリーヌは知っている。

「――っ、カロリーヌ」

ぶるっとフランソワが身体を慄かせた。

彼はふいに二本の指で割れ目を押し開き、その上辺にあるぱんぱんに膨れた花芽を強めに撫で回してきた。

「は、はぁ、あ、そこ……あぁ、やぁ、あ、だめ……っ」

一番強く快感を拾い上げるその部分を執拗になぶられ、カロリーヌは襲ってくる激しい快感に身悶え、嬌声を上げ続けた。

「やだ、だめ、あぁ、だめ、先に達っちゃう、だめ、達っちゃうから……っ」

いやいやと首を振ると、指をさらにうごめかしながら、フランソワが掠れた声でささやく。

「一度達ってしまえ。そうすれば、もっと気持ちよくなるぞ」

下腹部の奥にどんどん蓄積していく愉悦が、あっという間に限界を超える。

目の前がチカチカして、背中が弓なりに仰け反った。

「あ、あ、あぁ、あ、あ、あ――っ……」

全身が強張り、爪先が引き攣る。

頭が真っ白になり、ぼんやりしながら身体が弛緩《しかん》する。

「お前の達く時の顔が、蕩けて――たまらないな」

フランソワはぐったりしたカロリーヌの腰を抱え上げ、裾を腰までたくし上げた。性急な動きで、自分の部屋着の裾も捲り上げ、カロリーヌの両足を大きく割り開くと、そこに自分の腰を押し入れてくる。

「あ、ん」

すでにがちがちに硬く勃ちきった欲望が、どろどろの蜜口に押し当てられた。

灼熱の楔《くさび》がゆるゆると肉壁を押し上げてくる。

「んんっ、んん」

飢え切った膣洞が満たされる悦びに、カロリーヌは白い喉を仰け反らせて喘ぐ。

「あぁ、あ、あぁ、あ」

「熱くてよく締まる――何度しても飽きることがないな、お前の中は」

つぶやきながらフランソワがカロリーヌの腰を引き寄せ、さらに肉棒を奥へ穿ってくる。

「はぁっ、あ、あぁあ」

根元まで挿入したフランソワは、ゆっくりと腰を押し回す。

心地よいが、重甘い快感がじわじわと迫り上がるだけで、あと一歩絶頂に届かない。

カロリーヌは誘うように腰を揺らすが、フランソワは動こうとしない。

「ふぁ……ぁ、あなた、もう許して……達かせてください、どうか、奥をぐりぐりして……」

耐えきれずにはしたない懇願を繰り返してしまう。

どくんと濡れ襞に包まれた剛直が慄いた。

「もっと言え。もっと私を求めろ」

低い声で命じられる。

カロリーヌはすらりとした両足を、フランソワの腰に絡みつかせた。

「ください——あなたの太いもので、私をぐちゃぐちゃに掻き回して、お願い、気持ちよくして……っ」

「カロリーヌ」

やにわにずずんと最奥まで突き上げられ、カロリーヌは一気に絶頂に飛んだ。

「あああああ、あぁぁっ」

悲鳴のような嬌声を上げてしまう。

フランソワは抜けるぎりぎりまで腰を引くと、再び激しく抉り込んでくる。

「ひあっ、あ、達く、あ、また、達っちゃう……っ」

悩ましくすすり泣くと、余裕を失ったのか、フランソワがさらに奥を穿つように激しい抽挿を開始する。

「あぁあ、あ、凄……っ、奥、当たって、あぁ、当たって、痺れるぅ」

赤い唇を大きく開き、悩ましい喘ぎ声を漏らすと、奪うように唇を吸われる。

「んふ、ふぁ、ふぅうん」

舌の付け根まで強く吸い上げられ、頭の中が真っ白になる。

「あ、あぁ、あ、ふぁ、あぁあ」

がくがくと揺さぶられ、何度も絶頂を上書きされる。

こうなると、もう歯止めがきかないほど感じてしまうのだ。

「ふぁ、あ、あなた……フランソワ……っ」

口づけの合間に、声を震わせて愛する人の名を呼ぶ。

「気持ち悦い、たまらない、カロリーヌ、愛している」

フランソワはもはや制御のきかぬ欲望のままに、闇雲に腰を穿ってくる。

「あ、あぁ、あ、凄い……ぁ、あ、あぁ、あ」

太いカリ首が熟れ襞を擦り上げ、泡立つ愛蜜を掻き出す。

「ふぁああ、あ、だめ、あ、また……あぁ、だめぇ」

そう言いながらも媚肉は肉棒をきつく咥え込み、ぎゅうっと肉胴を絞り上げるような動きを繰り返す。

「ここか？　ここも好きだろう？　ここか？」

フランソワはカロリーヌの感じやすい箇所を次々と抉り、どうしようもなくカロリーヌを追い詰めていく。

「あ、あぁ、そこだめ、あ、いいっ、あぁ、気持ちいい、気持ちよくてたまらない……っ」

官能に支配された肉体は、素直に貪欲に快感を拾い上げる。

「いいか、そうか、もっとか、もっとだな」

フランソワの腰の動きが倍加し、彼の呼吸が乱れる。

亀頭の先端が、ごりごりと子宮口まで届きそうな勢いで押し回され、カロリーヌの肌が総毛立つ。

「……あぁ、だめ、そこもう、だめに……あぁ、や、も、もう……っ」

ぶるぶると腰が慄き、カロリーヌは愉悦に咽《むせ》び泣《な》いた。

感じ入った膣襞が、きゅうきゅうと収斂を繰り返し、フランソワを追い立てた。

「く――持っていかれる――カロリーヌ、終わるぞ、出すぞ」

ぱたぱたと珠のような汗がフランソワの白い額から滴り落ち、カロリーヌの素顔を濡らす。

「ああ来て、お願い来て……いっぱい、いっぱいください、中に……っ」

カロリーヌは両手をフランソワの背中に回し、ぎゅっと引きつけた。

「うお――」

獣のように呻き、フランソワが一際強く腰を打ち付けた。

カロリーヌの中で、灼熱の剛棒がさらに大きく膨れ上がる。

「あ、あぁあぁあ、あぁぁあっ」

頭の中がフランソワの熱と与えられる絶頂で弾けた。

直後、どくどくと熱く大量の欲望がカロリーヌの最奥へ注ぎ込まれた。

「――愛している――っ」

フランソワは何度か腰を穿ち、残滓《ざんし》まで一滴残らずカロリーヌの中へ放出する。

「……は、はぁ……ぁあ……ぁ」

胎内にじんわり広がる白濁の温かさを感じながら、カロリーヌはうっとりと目を閉じた。

すべてを出し尽くした二人は、ぴったり重なったまま絶頂の余韻に浸っている。

汗も呼吸も一つになるこの瞬間、カロリーヌはたまらなく幸せだと感じる。

乱れたフランソワの髪を優しく撫で、カロリーヌはそっとつぶやく。

「愛しています、フランソワ……あなただけを、いつまでも……」

ゆっくりと顔を起こしたフランソワが、愛おしげに見下ろして優しい口づけを落としてくれる。

「私もだ――唯一の私の乙女」

カロリーヌの眦に涙が浮かぶ。

私は正真正銘の唯一の恋人、妻、伴侶。

そう心から確信でき、彼もまたカロリーヌの唯一の連れ合いであると強く思う。


その後、フランソワとカロリーヌは三男四女に恵まれた。

どの子も両親に似て、美しく賢く優しい人に育った。

国王夫妻は最後の時まで仲睦まじい夫婦であった。

後々の人々は、掃除係から王妃まで上り詰めたカロリーヌのことを、

「素顔のシンデレラ王妃」

と呼びならわし、女性の幸福の象徴として末長く崇《あが》めたのである。

番外　素顔のままの君を愛する

これは、カロリーヌがフランソワと正式に婚姻発表をした直後の話である。

正式な王妃となれば、気の向くまま自由に行動することは叶わなくなるだろう。

その前に、カロリーヌはどうしても会っておきたい人がいた。

掃除係時代の親友、エーメである。

エーメとは遠く離れても、しばしば手紙のやり取りをしていた。お城の中で孤独で辛い時でも、エーメの明るく元気な手紙にいつも励まされていたのだ。

だが、別れて以来会えないままだった。一度だけでも、掃除係時代のように彼女と気さくに思い切りおしゃべりしたい。このまま王妃となったら、ますますその機会が失われてしまう。

それでカロリーヌは、フランソワにたってのお願いをした。

三日だけでいいので、エーメに会いに行くことを許してほしいと。

フランソワは少々渋った。

過保護気味な彼は、カロリーヌが数日でも手元にいないことが不安なようだ。彼も同伴したい意向を示したが、さすがに国王代理である王子が城を空けるわけにはいかない。

護衛の兵士を付け、マリウスがお目付役に同行することで、やっと了解を得た。

考えたら、フランソワの元を離れるのは初めてだ。

ちょっぴり寂しいが、それと同時に開放感もあった。

お城の中でフランソワの許婚者として暮らしていると、緊張を強いられる部分もあったからだ。

王家の紋章を隠した馬車に乗って、カロリーヌは意気揚々とエーメの住む辺境の街へ向かった。


「ああカロリーヌ、会いたかったよ！」

「エーメ、私もよ」

カロリーヌが経営する酒場の前で、二人はひしと抱き合った。

薔薇色に頬を染めたカロリーヌの顔を、エーメはまじまじと見る。

「あんたなんて綺麗になったんだろう。やがては王妃様だものね。あんたがこんなに幸福になって、私まで嬉しくなっちゃうよ」

以前と変わらない優しいエーメの言葉に、カロリーヌは嬉しくて涙ぐむ。

「ありがとう、エーメ」

カロリーヌは側に控えているマリウスに顔を向けた。

「マリウス、ここにいる間だけ、エーメのお部屋に泊めてもらっていいでしょう？　ね、お願い」

マリウスは柔和な顔に笑みを浮かべる。

「仕方ありませんな、カロリーヌ様のたってのお願いとあれば。では、私はこの酒場の向かいの宿に泊まります。朝昼晩にそちらにお伺いを立てます。なにかありましたら、すぐに使いを寄越してください」

カロリーヌははしゃいだ声を出す。

「わかったわ！　ありがとう、マリウス」

エーメの経営する酒場の裏口の向かいのアパートが、エーメの住む部屋だった。

二人はその晩は、ベッドに並んで寝転び、お菓子を摘みながら四方山話《よもやまばなし》に花を咲かせた。

かつて掃除係で同部屋だった時には、休日などには二人でこうやって一晩中おしゃべりを楽しんだものだ。

エーメの酒場の客の失敗談や彼女の恋愛話など、尽きぬエーメの話題にカロリーヌは久しぶりに無邪気に笑い転げた。

エーメの酒場は評判がよく、はやっているようだ。

だが、切り盛りしているのはエーメ一人で、夜更けまで酔客の相手をするのは大変そうだった。

三日目の最後の晩である。

大事な親友の役に立ちたくて、カロリーヌは切り出した。

「ねえ、エーメ。今夜、酒場のお手伝いをさせてくれないかしら？」

エーメは目を丸くする。

「冗談じゃないよ。未来の王妃様に、女給のマネなんかさせられないよ」

「まだ王妃じゃないもの。それに、私は昔から働くのは慣れているわ。ね、ちょっとだけでもあなたの役に立ちたいのよ」

真剣にお願いすると、エーメが仕方ないというように肩を竦めた。

「その気持ちだけで嬉しいけれどね。じゃ、あたしの妹っていうことで、少しだけやってみるかい？　無理ならすぐやめていいから」

「わあ、ありがとうエーメ。頑張るわ」

夜の仕事なので、それらしく艶やかな髪型にしお化粧も少し濃い目にした。

装って酒場へ出ると、客たちが全員息を呑んだ。

「おいおいエーメ、どこにこんな美人を隠していたんだ」

「こんな田舎町に、これほどの美女がいたのか？」

エーメはざわつく客たちに釘《くぎ》を刺す。

「この子はカロリーヌ、私の妹だよ。今夜だけ、お手伝いを頼んだんだ。妹にちょっとでも悪さしたら、店の出入りを禁止するからね！」

「わ、わかったよ、エーメ」

エーメの気の強いことを知っている客たちは、節度を失わないようにカロリーヌに接した。

カロリーヌは客たちに酒を運ぶ役を引き受けた。

活気のある酒場の雰囲気と、ざっくばらんな客たちのおしゃべりはとても新鮮で、市井の人々の空気が直に感じられた。のちの王妃としての自分に、いい経験になるような気がする。

「今夜だけ、エーメの酒場には、とんでもない美女が働いている」

と評判があっという間に街中に広まり、にわかに客が増えた。

色っぽい雰囲気とは裏腹な初々しい接客もまた魅力的だと、カロリーヌ目当ての客が押し寄せた。

エーメの監視の目が光っているので、身の危険はなかったが、男たちの好奇な視線に晒されるのは、なかなか慣れないことだ。

でも、エーメの役に立ちたくて、カロリーヌは懸命に働いた。

夜半過ぎに、閉店の時間が迫ってくるとエーメが声をかけてきた。

「カロリーヌ、今夜はあんたのおかげでずいぶん店がはやったよ。ほんとうにありがとう。でも疲れたろう。店はもういいから、先に私の部屋に戻って休んでいなよ。あたしも後片付けして、店を閉めたらすぐ行くから」

さすがに慣れない接客業で疲れが出ていた。

「ありがとう、エーメ。じゃあ、そうさせてもらうわ」

カロリーヌはエプロンを外し、エーメのアパートへ行こうと裏口から出た。

と、暗闇からぬっと一人の男が姿を現わしたのだ。

「よお、妹さん。仕事はもう上がりかい？」

確か、先ほど店でカロリーヌをしつこく口説《くど》こうとして、エーメに叱られて店を追い出された男だ。どこか別の店で飲んできたのか、ひどく酒臭い。

「私はもう休みます。部屋に帰りますから」

カロリーヌは顔を背《そむ》けて小声で言う。男の横をすり抜けて行こうとした。

「つれなくするなよ」

と、男がやにわに腕を掴んできた。毛むくじゃらの手に乱暴に掴まれて、カロリーヌはゾッとした。

「きゃっ、何をするのっ？」

悲鳴を上げて腕を振り解《ふほど》こうとした。が、図体《ずうたい》の大きいその男は、びくともしない。

「気取ってんじゃねえよ。酒場の女給のくせに。男に媚《こ》びを売って暮らしてんだろう？」

男はにやにやしながら、カロリーヌの身体を引き寄せようとした。

「離してっ、やめて、やめてくださいっ」

カロリーヌは身じろいで男の腕の中でもがいた。助けを乞おうとしたが、薄暗い裏通りは人の往来もない。

カロリーヌの華奢な身体が、壁に強引に押し付けられる。

「キスくらいいいじゃねえか」

男の酒臭い息が顔にかかった。

「いやあっ！」

カロリーヌは顔を背け、力任せに男の顔を引っ掻いた。がりっと、男の頬に爪が食い込む。

男が顔を押さえて呻いた。

「うわっ、このアマ！　下手に出りゃいい気になりやがって。ぶっ殺すぞ」

激怒した男が拳を振りかざした。

殴られる、と思ったカロリーヌは思わず目を瞑った。

どすっと、肉が打ち当たるような鈍い音が響いた。

「ぎゃっ」

締められた猿のような呻き声を上げ、男の身体がカロリーヌの足元にどさりと倒れた気配がする。

「——私のカロリーヌにこれ以上触れてみろ。命を無くすのはお前の方だ、下郎」

凛とした声が響いた。

カロリーヌはハッとして目を開く。

「あわわ――」

腹を殴られたらしく、男は腹部を押さえ這いつくばって、その場を逃げて行く。

カロリーヌはおずおずと顔を上げた。

「あ――？」

心臓が止まるかと思った。

目の前に、すらりとした絶世の美男子が立っている。

艶やかな黒髪、切れ長の青い目、男らしい美貌――。

「フランソワ様!? ……なぜ？」

カロリーヌは我が目を疑う。

フランソワが穏やかに微笑んだ。

「お前を必ず守ると誓ったからな、カロリーヌ」

カロリーヌは目を見開く。

「そんな……フランソワ様がこんなところにいるはずないわ」

彼が手を差し出す。

「握ってみろ」

カロリーヌはおそるおそるフランソワの手に触れる。

きゅっと彼の指が絡んできた。温かい指の感触に血流が速まる。

「あ、ああ……フランソワ様の手……ほんとうに……？」

カロリーヌは安堵で足が震えてくる。

「お前を迎えに来た。三日目がもはや待ちきれず、執務を終えると早馬を飛ばして半日で駆けつけたんだ」

フランソワのもう片方の手が伸びてきて、そっとカロリーヌを掻き抱いた。

広い胸に抱かれ、カロリーヌは喜びに胸がいっぱいになる。

「なんという無茶なことを……そんなにまでして……」

「お前と離れて生きるのが、こんなにも苦痛だと、改めて思い知ったぞ。その点では、今回の旅行を許してよかったと思える。だが、やはり綺麗な花には悪い虫が寄ってくるものだな。今後はもっと自重しろ」

そう言うや否や、フランソワが片手をさっと挙げた。

途端に、がらがらと車輪の音がして、街角から一台の馬車が現れて目の前に止まる。その背後から、カロリーヌの護衛に同行していた兵士たちが騎乗して付いてくるのが見えた。

御者台にいたのはマリウスだった。

「殿下、どうにか手を尽くして馬車を調達しました。いきなり単身で乗り込んで来られるとは。カロリーヌ様のこととなると手が付けられませぬな」

マリウスがやれやれと言ったふうに首を振った。

「ふん、お前たちではカロリーヌを守りきれぬからな」

フランソワは悪びれずに胸を張る。

マリウスは諦めたように溜め息を吐き、促した。

「さあお乗りください。すぐに出立します」

フランソワが扉を開き、カロリーヌの身体を片手で軽々と抱き上げて、中に押し込んだ。

「乗れ。即刻帰るぞ」

カロリーヌは焦りながらも訴える。

「エーメに——彼女にひと言。黙って消えるわけには……」

「気にしなくていいよ、カロリーヌ、そのまま馬車に乗って王子様と帰りな」

明るい声に顔を振り向けると、店の裏口にエーメがにこにこして立っていた。

カロリーヌの後から馬車に乗り込もうとしていたフランソワが、エーメに振り返り声をかけた。

「いろいろ手数をかけた。感謝する。後日、この礼は必ず」

「礼なんかいらないよ、王子殿下。カロリーヌを必ず幸せにしてやっておくれ。それが、なによりのお礼だよ。そら、とっとと行って」

エーメがしっしと追いやるように手を振った。

フランソワが扉を閉めるや否や、マリウスが馬に鞭《むち》を入れ、やにわに馬車が走り出した。

カロリーヌは窓から身を乗り出し、エーメに向かって叫んだ。

「エーメ！」

「カロリーヌ！　次に会う時には、あんたは王妃様だね。偉くなってもあたしのこと、忘れないでおくれよ」

エーメが手を大きく振る。

「エーメ、エーメ、ありがとう！　忘れないわ！　また絶対、会いましょう！」

カロリーヌは窓から身を乗り出して、みるみる遠ざかるエーメに向かって手を振った。

「おい、そんなに乗り出しては落ちるぞ」

背後からフランソワが腰を抱いて、やにわに引き寄せた。

「あ……」

ふわりとフランソワの膝の上に倒れ込んでしまう。

「カロリーヌ、会いたかった」

ぎゅうっと、息が止まりそうなほど強く抱き締められた。

「あ、だめ……」

身を引こうとしたが、そのまま唇が重なった。

「ん……っ」

熱い唇が、何度も角度を変えて触れてくる。

懐かしく心地よい感触に、カロリーヌは陶然として抵抗することを忘れた。

彼の舌が唇を割って入り込み、舌を捕えてくる。

「ふ……ん、んんぅ……」

舌が絡み合い、いつしか夢中になって深いキスに耽溺してしまった。

うなじのあたりが甘く痺れ、幸福感に目眩がしそうだ。

長い口づけの果てに、カロリーヌがくったりとフランソワの腕の中に身を委ねると、唇がゆっくり離れた。

フランソワの唇にカロリーヌの口紅が移り、ひどく色っぽい。だが、カロリーヌはハッとして懐からハンカチを取り出して、それを拭おうとした。

「いけない……紅が」

フランソワは女性の化粧品に過剰反応を起こすはずだ。

するとフランソワが、舌でぺろりと唇に吹った口紅を舐め取った。

「甘いな――」

「フ、フランソワ様、お加減は？」

「なんともない――不思議なことだが、お前ならどんなに化粧しようが香水を付けようが、まったく気にならないのだ」

「ああ、よかった」

ホッと胸を撫で下ろす。

「そう言えば、濃い化粧をしているお前を初めて見たな。艶めいて大人びて見える。これはこれで好ましい」

フランソワが再びちゅっと軽いキスをしてから、笑みを浮かべる。

「だが、やはりお前は素顔が一番綺麗だ」

「やめてください、恥ずかしいわ」

カロリーヌは顔が赤らむのを感じた。

フランソワはゆっくりと身体をずらし、カロリーヌの身体を自分の膝の上に横たわらせた。

「夜通し馬を走らせるからな。昼前には、王城に辿り着く。それまで少しでも横になって休め」

「わ、わかりました――でも、膝枕ではフランソワ様がお疲れになりましょう」

フランソワの手が優しくカロリーヌの髪を梳く。

「お前に少しでも触れていたいのだ。気にするな」

「はい……」

馬車の振動でとうてい眠れないと思ったが、頭を撫でる大きな温かい手の感触に、次第に気持ちが安らいでいく。

この小旅行はとても得るものが大きかった。

親友のエーメと心置きなくおしゃべりもできた。

街の人々の生活を肌で感じることもできた。

なにより――フランソワがこれほどまでに自分に執着しているのだと再確認した。

嬉しくもあり、責任も感じた。

もうこれきりで、軽はずみな行動は慎もうと、心に誓う。

程なくうとうとし始め、やがて深い眠りに落ちて行った。


「カロリーヌ、着いたぞ」

そっとフランソワに揺り起こされて目覚めた時には、馬車はすでに王城の裏門前に到着していた。まだ膝枕のまま、ぼんやり目を開く。

「ん……」

次の瞬間、フランソワの太腿の狭間に置いた頬に触れるごつごつした硬い感触に気づき、あっという間に目が覚めた。

「きゃ……っ」

弾かれたように飛び起きてしまう。

フランソワが苦笑している。

「悪いな。男というものは、朝は自然とこうなってしまうのだ」

カロリーヌは乱れた髪を撫で付けながら、しどろもどろになる。

「そ、そうなのですね……」

「まあ、八割くらいはお前に欲情しているせいだがな」

フランソワが端整な顔を寄せて、にやりとする。

「お前の寝顔がほんとうに愛らしく無防備で、馬車の中で抱いてしまおうかと思ったぞ」

「も、もう！　お戯れはおやめくださいっ」

カロリーヌはますます狼狽える。

フランソワが真顔になった。

「いや、今夜はお前を嫌というほど抱いてやる——三日もお前に触れらなくて、おかしくなりそうだった。覚悟するがいい」

カロリーヌはもはや返す言葉もなく、真っ赤になってうつむくばかりだった。

あとがき

皆さま、こんにちは！　すずね凜です。

「女嫌いの殿下から、身代わりの没落令嬢なのにナゼかとろ甘に愛されています♥」お読みいただいて、ありがとうございます。

いやー、タイトル長い（笑）すずね凜史上でも、一、二を争う長いタイトルでございます。

このお話のあらすじを一行で述べよ、というテストの答えみたいです。

タイトルというのは、作家が決める場合もあるようですが、私の場合はいくつか私も候補を出したりして、編集さんとあーだこーだ検討し、決定することが多いです。

これまでの一番短いタイトルは、漢字一文字というものがありました。

私のお話はベタ甘なお話が多いので、タイトルに「溺愛」が入ることが多いのです。これまで数多くの「溺愛」がありました。

編集さんの中には「溺愛以外で考えます」と、とても頭をひねってくださる方もおられました。

「蜜愛」「激愛」「熱愛」「極愛」「猛愛」「甘愛」「耽愛」「凄愛」「渇愛」「愛執」et cetera……。

でも結局、「『溺愛』が一番しっくりきますね」という結論に達しました。

ただ、同じ「溺愛」タイトルでも、中身は様々な「溺愛」がありますので、そこはお楽しみいただけるかと思います。

今回のヒロインはいわゆる「ドアマットヒロイン」と呼ばれるタイプに入ります。ドアマット、つまり足拭きマットのように、人に散々踏みつけられ虐められる立場のヒロイン、ということですね。有名なお話ではシンデレラ、があります。

逆境に耐えめげずに生きていくヒロイン。ひと昔なら、こういうヒロインをスーパーパーフェクトのヒーローが颯爽と登場して、ヒロインを救ってくれるというパターンが王道でした。

でも、私はそれだけでは面白くないと思うのです。

ただただ受け身で不幸に耐え忍ぶだけではない、ヒロインも強く成長することが大事だと思うのです。だから、このお話でもヒロインはヒーローを愛し愛されることで、次第に心が強くなっていきます。その成長過程も見所です。

そして、ヒーローも単にスーパーパーフェクトだけではなく、一人の青年としての悩みを持つ人物として描きました。そこに人物像の深みが出たのではないかと自負しております。

それぞれに悩み苦しみながら愛を貫く二人の物語です。

さて、タイトルと同じように大事なのか、作者の名前であると思います。

もちろん、本名でもいっこうに構わないのですが、私の本名は少し古臭くてお固い感じなのです。それで、仕事をするさいには、ふさわしそうなペンネームを使います。

ＴＬ小説では「すずね凜」ですが、他の仕事では別名義を使っています。

現在稼働しているペンネームは三個です。

そして、それぞれの関係者にそれぞれのペンネームで呼ばれるわけです。

実際のところ、私を本名で呼ぶのは実母くらいで、ほとんど本名で呼ばれたことがないのが現状です。

なんだか不思議だなあ、と思います。

自分が何人もいるみたいで、それぞれ別人格があるみたいに思えます。

「すずね凜」というペンネームは、息子が中学生の時につけてくれました。

ちょうど食卓にいた息子に何気なく、

「今度さ、乙女系という恋愛小説を書くんだけれど、ペンネームに悩んでるんだ。可愛らしくて、覚えやすいいい名前がないかな」

と相談したんです。

「そうだなぁ」

その時、餃子を食べていた息子は、口をモグモグさせながらしばらく考えていました。

「すずねりん、なんかいいんじゃね？」

そう答えてくれ、

「それいい！　いただき！」

と、決定したのです。なぜ息子がそれを思いついたのか、いまだに謎ですが、とても良いペンネームをもらったと思ってます。
さて、今回も編集さんにはタイトル含め大変お世話になりました。
そして、甘美なイラストを描いてくれたことね壱花先生にも大感謝です。
また次回の「溺愛」の世界でお会いできる日を楽しみにしております！

すずね凜

ガブリエラブックス好評発売中

転生したら、攻略対象外の魔王の溺愛がレベチすぎるんですけど！

麻生ミカリ　イラスト：アオイ冬子／ 四六判

ISBN:978-4-8155-4038-8

「拒絶はさせない。おまえは、俺が娶る」

事故で死んだ綾羽は大好きなゲームの世界に主人公アヤハとして転生。全ルートをクリアした後、トゥルーエンドルートに入ったはずなのに、このゲームでは攻略対象外である魔王に攫われ求婚されてしまう「思っていたよりずっと淫らなおまえの体を、もっと愉しみたい」実は一番好みのタイプのイケメン魔王フランシスに溺愛、執着され想定外の淫らなルートに進んでしまい!?

ガブリエラブックスをお買い上げいただきありがとうございます。
すずね凜先生・ことね壱花先生へのファンレターはこちらへお送りください。

〒110-0016　東京都台東区台東4-27-5（株）メディアソフト
ガブリエラブックス編集部気付　すずね凜先生／ことね壱花先生　宛

gabriella books

MGB-033

女嫌いの殿下から、身代わり婚約者の没落令嬢なのにナゼかとろ甘に愛されています♥

2021年7月15日　第1刷発行

著　者　すずね凜《りん》
装　画　ことね壱花《いっか》
発行人　日向晶
発　行　株式会社メディアソフト
〒110-0016
東京都台東区台東4-27-5
TEL：03-5688-7559　FAX：03-5688-3512
http://www.media-soft.biz/
発　売　株式会社三交社
〒110-0016
東京都台東区台東4-20-9 大仙柴田ビル2階
TEL：03-5826-4424　FAX：03-5826-4425
http://www.sanko-sha.com/
印　刷　中央精版印刷株式会社
フォーマットデザイン　小石川ふに(deconeco)
装　丁　吉野知栄（CoCo. Design)

ISBN 978-4-8155-4053-1